LE RIDEAU LEVÉ

ou l'Éducation de Laure

Écrit par
Honoré-Gabriel
Riqueti de Mirabeau

RETROUVEZ TOUS NOS GRANDS CLASSIQUES ÉROTIQUES

GRANDS
classiques
.com

sur www.grandsclassiques.com

Retirez-vous, censeurs atrabilaires ;
fuyez, dévots, hypocrites ou fous ;
prudes, guenons, et vous, vieilles mégères :
nos doux transports ne sont pas faits pour vous.

1
À *Cythère*

MDCC LXXXVIII
Lettre de Sophie au chevalier d'Olzan

Je t'envoie cher Chevalier, un petit manuscrit gaillard.

Tu aurais de la peine à t'imaginer où je l'ai pris. C'est une bagatelle sortie d'une jolie main de mon sexe ; et c'est un délassement badin adressé dans un cloître. Comment un tel bréviaire se put-il introduire parmi les guimpes d'une religieuse ? C'est ce que mes yeux eurent de la peine à me persuader ; rien n'est cependant plus vrai, cher Chevalier, et c'était un présent digne de sa destination. L'amour n'est point étranger dans ces lieux ; le sentiment constitue le naturel du beau sexe ; la sensibilité forme la principale partie de son essence ; la volupté exerce un empire vainqueur sur ces êtres délicats. À ces dispositions originaires, qu'on joigne les effets échauffants d'une imagination exaltée dans la retraite et l'oisiveté, on trouvera la raison de cette fureur intestine qui nous maîtrise dans les couvents.

C'est ainsi que les femmes de ces pays, où les hommes jaloux les tiennent prisonnières, trouvent si précieuses des jouissances dont l'idée habituelle qu'elles en ont n'est point contrebalancée par d'autres objets de dissipation. Dans la société, un tumulte de soins et de plaisirs énerve les passions au lieu de les concentrer ; l'éclat séduisant d'une vaine coquetterie entraîne les femmes les plus sensuelles ; l'amour impétueux reste en partage à la solitude obscure et mélancolique : il n'est donc pas étonnant que les mystères consignés ici se soient glissés dans une cellule pour en occuper tendrement les loisirs.

Ton absence me rendait tout le monde à charge, et ma sœur, la religieuse, me sollicitait d'aller passer quelques jours avec elle : je me suis rendue à son envie. Ah ! cher ami, que je suis pénétrée, quoique sa sœur, des tourments qu'elle doit endurer. Elle a le cœur tendre, l'esprit vif, le goût délicat ; elle possède les grâces et la beauté ; elle s'est trouvée cloîtrée avant de se connaître. À sa place, que je serais malheureuse, moi qui ai moins qu'elle de droit au bonheur ! Elle attendait avec impatience une amie qui devait bientôt la rejoindre. Dès le premier jour, elle m'en parla avec des transports d'une tendresse inouïe ; elle me la dépeignait avec des couleurs tout à fait animées : elle tournait sans cesse la conversation sur cet objet intéressant. Elle reçut de sa part un coffre très joli ; il était plein de petits ustensiles et de chiffons propres à une religieuse.

Il attira les regards, selon l'usage, des bonnes Mères tourières et supérieures, toutes plus curieuses ordinairement que rusées. Une découverte précieuse leur échappa. Ma sœur m'ayant laissée seule, la curiosité me prit à mon tour.

Je m'aperçus que le fond était bien épais pour une si petite boîte ; en effet, il se trouva double, et il renfermait le petit détail que je t'envoie. J'en ai secrètement tiré copie dans les heures de prière de ma recluse. Puisse la lecture que te procure la main de ton amante te dérober des moments aux belles de Paris ! Ton absence me tue. Rapporte-moi, cher Chevalier, ton cœur et ma vie, ainsi que ce joli manuscrit : nous le relirons ensemble.

Le chevalier d'Olzan y a substitué d'autres noms, et l'a fait imprimer, sans toucher au style ; il a pensé que la plume d'une femme ne pouvait être que mal taillée par la main d'un homme.

2
Laure à Eugénie

Loin de moi, imbéciles préjugés, il n'y a que les âmes craintives qui vous soient asservies : Eugénie, accablée d'ennui dans sa solitude, exige de sa chère Laure ce petit amusement tendre. Il n'y a plus rien qui puisse me retenir.

Oui, ma chère Eugénie, ces moments délicieux, dont je t'ai quelquefois entretenue dans ton lit ; ces transports des sens, dont nous avons cherché à répéter les plaisirs dans les bras l'une de l'autre ; ces tableaux de ma jeunesse, dont nous avons voulu réaliser la volupté : eh bien ! pour te satisfaire, je vais, sous des traits ressemblants, les retracer ici.

Tout ce que j'ai fait et pensé dès ma plus tendre enfance, tout ce que j'ai vu et ressenti va reparaître sous tes yeux.

Je ferai renaître dans toi ces sensations vives, ces mouvements précieux, dont l'ivresse a tant de charmes. Mes expressions seront vraies, naturelles et hardies ; j'oserai même dessiner de ma main des figures dignes du sujet et de tes désirs enflammés ; je ne crains pas de manquer d'énergie. Eugénie, c'est toi qui m'inspires et qui m'échauffes. Tu es ma Vénus et mon Apollon ; mais garde-toi, chère amie, que ma confidence échappe de tes mains ; souviens-toi que tu es dans le sanctuaire de l'imbécillité ou de la dissimulation : celles même des religieuses qui sont dans la bonne foi ont un zèle mille fois moins à craindre que celles qui goûtent, sous un voile hypocrite, la volupté la plus exquise et la plus raffinée. Tu ne serais que criminelle aux yeux des unes, et les autres crieraient hautement à l'infamie.

Le bonheur des femmes aime partout l'ombre et le mystère ; mais la crainte et la décence donnent du prix à leurs plaisirs. Cet ouvrage-ci ne doit jamais voir le jour : il n'est point fait pour les yeux du vulgaire ; il serait indigné de la franchise d'une femme, et son impertinente crédulité lui donne de l'horreur pour la nudité des productions de la nature.

Tu ne le croirais pas, ma chère Eugénie, c'est que les hommes, même les plus libres, nous envient jusqu'aux privautés de l'imagination. Ils ne veulent nous permettre que les plaisirs qu'ils nous départissent. Nous ne sommes, à leurs yeux, que des esclaves qui ne devons rien tenir que de la main du maître impérieux qui nous a subjuguées.

Tout est pour eux, ou doit se rapporter à eux ; ils deviennent des tyrans dès qu'on ose diviser leurs plaisirs ; ils sont jaloux, si l'on ose s'envisager à son tour. Égoïstes, ils prétendent l'être seuls, et que personne ne le soit.

Dans les plaisirs qu'ils prennent avec nous, il en est peu qui pensent à nous les faire partager. Il y en a même qui cherchent à s'en procurer en nous tourmentant et en nous faisant éprouver des traitements douloureux. À quelles bizarreries leur extravagance ne les porte-t-elle pas ? Leur imagination ardente, fougueuse et remplie d'écarts s'éteint avec la même facilité qu'elle s'allume ; leurs désirs licencieux, sans frein, inconstants et perfides errent d'un objet vers l'autre. Par une contradiction perpétuelle avec leurs sentiments, ils exigent que nous ne jouissions pas des privilèges qu'ils se sont arrogés ; nous, dont la sensibilité est plus grande, dont l'imagination est encore plus vive et plus inflammable par la nature de notre constitution.

Ah ! les cruels qu'ils sont ! Ils veulent anéantir nos facultés, tandis que notre froideur insipide ferait leur tourment et leur malheur. Quelques-uns, à la vérité, suivent une ligne écartée du tourbillon ordinaire ; mais il serait toujours imprudent de nous dévoiler à leurs yeux.

Cet ouvrage ne serait pas moins déplacé devant ces êtres engourdis que l'amour ne peut émouvoir : je parle de ces femmes flegmatiques que les empressements des hommes aimables ne peuvent exciter, et de ces graves personnages que la beauté ne peut réveiller. Il en existe, Eugénie, de ces animaux indéfinis, parés du titre fastueux de virtuoses et de philosophes, livrés à l'effervescence d'une bile noire, aux vapeurs sombres et malfaisantes de la mélancolie, qui fuient le monde dont ils sont méprisés : ces gens-là, comme la vieillesse inutile, blâment amèrement tous les plaisirs dont ils sont déchus.

Il en est d'autres, au contraire, d'un tempérament fougueux, mais que les préjugés de l'éducation et la timidité ont enthousiasmés pour le nom d'une vertu dont ils ne connurent jamais l'essence ; ils détournent les éjaculations naturelles de leur cœur pour en diriger les élans vers des êtres fantastiques.

L'amour est un dieu profane qui ne mérite pas leur encens ; et si, sous le nom d'hymen, ils lui sacrifient quelquefois, ils deviennent des fanatiques qui, sous le titre d'honneur, déguisent leur dure jalousie. C'est pour nous un blasphème que d'exprimer l'amour.

Ainsi, ma chère Eugénie, il ne faut choquer personne ; gardons nos confidences libertines pour nous égayer dans le particulier ; c'est à toi seule que je veux ouvrir mon cœur ; c'est uniquement pour toi que je ne couvrirai d'aucune gaze les tableaux que je mettrai sous tes yeux. Ils seront cachés pour les autres, ainsi que les libertés que nous avons prises ensemble.

Il n'y a que l'amitié ou l'amour qui puissent arrêter des regards de complaisance sur les objets licencieux que ma plume et mes crayons vont tâcher d'exprimer.

3
Éducation de Laure

Je sortais de ma dixième année ; ma mère tomba dans un état de langueur qui, après huit mois, la conduisit au tombeau. Mon père, sur la perte duquel je verse tous les jours les larmes les plus amères, me chérissait ; son affection, ses sentiments si doux pour moi se trouvaient payés, de ma part, du retour le plus vif.

J'étais continuellement l'objet de ses caresses les plus tendres ; il ne se passait point de jour qu'il ne me prît dans ses bras et que je ne fusse en proie à des baisers pleins de feu.

Je me souviens que ma mère, lui reprochant un jour la chaleur qu'il paraissait y mettre, il lui fit une réponse dont je ne sentis pas alors l'énergie. Mais cette énigme me fut développée quelque temps après :

« De quoi vous plaignez-vous, madame ? Je n'ai point à en rougir : si c'était ma fille, le reproche serait fondé, je ne m'autoriserais pas même de l'exemple de Loth ; mais il est heureux que j'aie pour elle la tendresse que vous me voyez : ce que les conventions et les lois ont établi, la nature ne l'a pas fait ; ainsi brisons là-dessus. »

Cette réponse n'est jamais sortie de ma mémoire. Le silence de ma mère me donna dès cet instant beaucoup à penser, sans parvenir au but ; mais il résulta de cette discussion et de mes petites idées que je sentis la nécessité de m'attacher uniquement à lui, et je compris que je devais tout à son amitié. Cet homme, rempli de douceur, d'esprit, de connaissance et de talents, était formé pour inspirer le sentiment le plus tendre.

J'avais été favorisée de la nature ; j'étais sortie des mains de l'amour. Le portrait que je vais faire de moi, chère Eugénie, c'est d'après lui que je le trace. Combien de fois m'as-tu redit qu'il ne m'avait point flattée : douce illusion dans laquelle tu m'entraînes, et qui m'engage à répéter ce que je lui ai entendu dire souvent ! Dès mon enfance, je promettais une figure régulière et prévenante ; j'annonçais des grâces, des formes bien prises et dégagées, la taille noble et svelte ; j'avais beaucoup d'éclat et de blancheur.

L'inoculation avait sauvé mes traits des accidents qu'elle prévient ordinairement ; mes yeux bruns, dont la vivacité était tempérée par un regard doux et tendre, et mes cheveux d'un châtain cendré, se mariaient avantageusement.

Mon humeur était gaie ; mais mon caractère était porté, par une pente naturelle, à la réflexion.

Mon père étudiait mes goûts et mes inclinations ; il me jugea : aussi cultivait-il mes dispositions avec le plus grand soin. Son désir particulier était de me rendre vraie avec discrétion. Il souhaitait que je n'eusse rien de caché pour lui : il y réussit aisément. Ce tendre père mettait tant de douceur dans ses manières affectueuses qu'il n'était pas possible de s'en défendre.

Ses punitions les plus sévères se réduisaient à ne me point faire de caresses, et je n'en trouvais point de plus mortifiantes.

Quelque temps après la perte de ma mère, il me prit dans ses bras :

— Laurette, ma chère enfant, votre onzième année est révolue, vos larmes doivent avoir diminué, je leur ai laissé un terme suffisant ; vos occupations feront diversion à vos regrets, il est temps de les reprendre… Tout ce qui pouvait former une éducation brillante et recherchée partageait les instants de mes jours. Je n'avais qu'un seul maître, et ce maître c'était mon père : dessin, danse, musique, sciences, tout lui était familier.

Il m'avait paru facilement se consoler de la mort de ma mère ; j'en étais surprise, et je ne pus enfin me refuser de lui en parler.

— Ma fille, ton imagination se développe de bonne heure, je puis donc à présent te parler avec cette vérité et cette raison que tu es capable d'entendre. Apprends donc, ma chère Laure, que, dans une société dont les caractères et les humeurs sont analogues, le moment qui la divise pour toujours est celui qui déchire le cœur dés individus qui la composent, et qui répand la douleur sur leur existence. Il n'y a point de fermeté ni de philosophie pour une âme sensible, qui puisse faire soutenir ce malheur sans chagrin, ni de temps qui en efface le regret. Mais quand on n'a pas l'avantage de sympathiser les uns avec les autres, on ne voit plus la séparation que comme une loi des-potique de la nature, à laquelle tout être vivant est soumis. Il est d'un homme sensé, dans une circonstance pareille, de supporter comme il convient cet arrêt du sort auquel rien ne peut se soustraire, et de recevoir avec sang-froid et une tranquillité modeste, absolument dégagée d'affectation et de grimaces, tout ce qui le soustrait aux chaînes pesantes qu'il portait.

— N'irai-je pas trop loin, ma chère fille, si, dans l'âge où tu es, je t'en dis davantage ? Non, non, apprends de bonne heure à réfléchir et à former ton jugement, en le dégageant des entraves du préjugé, dont le retour journalier t'obligera sans cesse d'aplanir le sillon qu'il tâchera de se tracer dans ton imagination. Représente-toi deux êtres opposés par leur humeur, mais unis intimement par un pouvoir ridicule, que des convenances d'état ou de fortune, que des circonstances qui promettaient en apparence le bonheur, ont déterminés ou subjugués par un enchantement momentané dont l'illusion se dissipe à mesure que l'un des deux laisse tomber le masque dont il couvrait son caractère naturel : conçois combien ils seraient heureux d'être séparés. Quel avantage pour eux, s'il était possible, de rompre une chaîne qui fait leur tourment et imprime sur leurs jours les chagrins les plus cuisants, pour se réunir à des caractères qui sympathisent avec eux ! Car ne t'y trompe pas, ma Laurette, telle humeur qui ne convient pas à tel individu s'allie très bien avec un autre, et l'on voit régner entre eux la meilleure intelligence, par l'analogie de leurs goûts et de leur génie. En un mot, c'est un certain rapport d'idées, de sentiments, d'humeur et de caractère qui fait l'aménité et la douceur des unions ; tandis que l'opposition qui se trouve entre deux personnes, augmentée par l'impossibilité de les séparer, fait le malheur et aggrave le supplice de ces êtres enchaînés contre leur gré !

— Quel tableau ! quelles images ! Cher papa, tu me dégoûtes davantage du mariage. Est-ce là ton but ?

— Non, ma chère fille ; mais j'ai tant d'exemples à ajouter au mien que j'en parle en connaissance de cause ; et pour appuyer ce sentiment si raisonnable, et même si naturel, lis ce que le président de Montesquieu en dit dans ses Lettres persanes, à la cent-douzième. Si l'âge et des lumières acquises te mettaient dans le cas de le combattre par les prétendus inconvénients qu'on voudrait y trouver, il me serait facile de les lever et de donner les moyens de les parer ; je pourrais donc te rendre compte de toutes les réflexions que j'ai faites à ce sujet ; mais ta jeunesse ne me met pas à même de m'étendre sur un objet de cette nature.

Mon père termina là.

C'est à présent, tendre amie, que tu vas voir changer la scène. Eugénie ! chère Eugénie ! Passerai-je outre ? Les cris que je crois entendre autour de moi soulèvent ma plume, mais l'amour et l'amitié l'appuient : je poursuis.

Quoique mon père fût entièrement occupé de mon éducation, après deux ou trois mois, je le trouvai rêveur, inquiet ; il semblait qu'il manquait quelque chose à sa tranquillité. Il avait quitté, depuis la mort de ma mère, le séjour où nous demeurions pour me conduire dans une grande ville, et se livrer entièrement aux soins qu'il prenait de moi ; peu dissipé, j'étais le centre où il réunissait toutes ses idées, son application et toute sa tendresse. Les caresses qu'il me faisait, et qu'il ne ménageait pas, paraissaient l'animer ; ses yeux étaient plus vifs, son teint plus coloré, ses lèvres plus brûlantes. Il prenait mes petites fesses, il les maniait, il passait un doigt entre mes cuisses, il baisait ma bouche et ma poitrine. Souvent il me mettait totalement nue, et me plongeait dans un bain. Après m'avoir essuyée, après m'avoir frottée d'essences, il portait ses lèvres sur toutes les parties de mon corps, sans en excepter une seule ; il me contemplait, son sein paraissait palpiter, et ses mains animées se reposaient partout : rien n'était oublié.

Que j'aimais ce charmant badinage, et le désordre où je le voyais ! Mais au milieu de ses plus vives caresses il me quittait, et courait s'enfoncer dans sa chambre.

Un jour, entre autres, qu'il m'avait accablée des plus ardents baisers, que je lui avais rendus par mille et mille aussi tendres, où nos bouches s'étaient collées plusieurs fois, où sa langue même avait mouillé mes lèvres, je me sentis tout autre. Le feu de ses baisers s'était glissé dans mes veines ; il m'échappa dans l'instant où je m'y attendais le moins ; j'en ressentis du chagrin. Je voulus découvrir ce qui l'entraînait dans cette chambre dont il avait poussé la porte vitrée, qui formait la seule séparation qu'il y avait entre elle et la mienne ; je m'en approchai, je portai les yeux sur tous les carreaux dont elle était garnie ; mais le rideau qui était de son côté, développé dans toute son étendue, ne me laissa rien apercevoir, et ma curiosité ne fit que s'en accroître.

Le surlendemain de ce jour, on lui remit une lettre qui parut lui faire plaisir. Quand il en eut fait la lecture :

« Ma chère Laure, vous ne pouvez rester sans gouvernante ; on m'en envoie une qui arrivera demain : on m'en a fait beaucoup d'éloges, mais il est nécessaire de la connaître pour juger s'ils ne sont point outrés… »

Je ne m'attendais nullement à cette nouvelle ; je t'avoue, chère Eugénie, qu'elle m'attrista : sa présence me gênait déjà, sans savoir pourquoi, et sa personne me déplaisait, même avant de l'avoir vue.

En effet, Lucette arriva le jour qu'elle était annoncée.

C'était une grande fille très bien faite, entre dix-neuf et vingt ans : belle gorge, fort blanche, d'une figure revenante sans être jolie ; elle n'avait de régulier qu'une bouche très bien dessinée, des lèvres vermeilles, les dents petites, d'un bel émail et parfaitement rangées. J'en fus frappée d'abord.

Mon père m'avait appris à connaître une belle bouche en me félicitant cent fois sur cet avantage. Lucette unissait à cela un excellent caractère, beaucoup de douceur, de bonté, et une humeur charmante. Mon amitié, malgré ma petite prévention, se porta bientôt vers elle, et j'ai eu lieu de m'y attacher fortement. Je m'aperçus que mon père la reçut avec une satisfaction qui répandit la sérénité dans ses yeux.

L'envie et la jalousie, ma chère, sont étrangères à mon cœur, rien ne me paraît plus mal fondé. D'ailleurs, ce qui fait naître les désirs des hommes ne tient souvent pas à notre beauté, ni à notre mérite : ainsi, pour notre propre bonheur, laissons-les libres, sans inquiétude. Il y en a dont l'infidélité est souvent un feu léger, qu'un instant voit disparaître aussitôt qu'il a brillé. S'ils pensent, s'ils réfléchissent, bientôt on les voit revenir auprès d'une femme dont l'humeur douce et agréable les met dans l'impossibilité de vivre sans elle. S'ils ne pensent pas, la perte est bien faible.

Eh ! quelle folie de s'en tourmenter !

Je ne raisonnais pas encore avec autant de sagacité ; cependant, je ne sentais point de jalousie contre Lucette :

il est vrai que ses amitiés, ses caresses et celles que mon père continuait de me faire, la bannissaient loin de moi. Je n'apercevais de différence que dans la réserve qu'il observait lorsque Lucette était présente, mais je donnais cette conduite à la prudence. Un temps se passa de cette manière, pendant lequel je m'aperçus enfin de ses attentions pour elle. Toutes les occasions qui pouvaient s'en présenter, il ne les laissait point échapper. Cependant, mon affection pour Lucette fut bientôt d'accord avec celle de mon père.

Lucette avait désiré coucher dans ma chambre, et mon père s'y était prêté. Le matin, à son réveil, il venait nous embrasser ; j'étais dans un lit à côté d'elle. Cet arrangement, et le prétexte de venir me voir, lui donnait la facilité de s'amuser avec nous, et de faire à Lucette toutes les avances qu'il pouvait hasarder devant moi. Je voyais bien qu'elle ne le rebutait pas, mais je ne trouvais pas qu'elle répondît à ses empressements comme je l'aurais fait et le désirais d'elle ; je ne pouvais en concevoir la raison. Je jugeais par moi-même, et je croyais qu'en aimant avec tant de tendresse ce cher papa, tout le monde devait avoir mon cœur, penser et sentir comme moi. Je.ne pus me refuser de lui en faire des reproches :

« Pourquoi, ma bonne, n'aimez-vous pas mon papa, lui qui paraît avoir tant d'amitié pour vous ? Vous êtes bien ingrate… »

Elle souriait à ces reproches, en m'assurant que je les lui faisais injustement. En effet, cet éloignement apparent ne tarda pas à se dissiper.

Un soir, après le repas, nous rentrâmes dans la pièce que j'occupais ; il nous présenta de la liqueur. Une demi-heure était à peine écoulée que Lucette s'endormit profondément ; il me prit alors entre ses bras et, m'emportant dans sa chambre, il me fit mettre dans son lit. Surprise de cet arrangement nouveau, ma curiosité fut à l'instant réveillée. Je me relevai un moment après et courus d'un pas léger à la porte vitrée où j'écartai le bord du rideau.

Je fus bien étonnée de voir toute la gorge de Lucette entiè-rement découverte. Quel sein charmant ! deux demi-globes d'une blancheur de neige, du milieu desquels sortaient deux fraises naissantes d'une couleur de chair plus animée, repo-saient sur sa poitrine ; fermes comme l'ivoire, ils n'avaient de mouvement que celui de sa respiration. Mon père les regardait, les maniait, les baisait et les suçait : rien ne la réveillait. Bientôt, il lui ôta tous ses habits, et la porta sur le bord du lit qui était en face de la porte où j'étais. Il releva sa chemise ; je vis deux cuisses d'albâtre, rondes et potelées, qu'il écarta, j'aperçus alors une petite fente vermeille, garnie d'un poil fort brun ; il l'entrouvrit ; il y posa les doigts en remuant la main avec activité : rien ne la retirait de sa léthargie. Animée par cette vue, instruite par l'exemple, j'imitai sur la mienne les mouvements que je voyais. J'éprouvais une sensation qui m'était inconnue.

Mon père la coucha dans le lit, et vint à la porte vitrée pour la fermer. Je me sauvai, et courus m'enfoncer dans celui où il m'avait mise. Aussitôt que j'y fus étendue, profitant des lumières que je venais d'acquérir, et réfléchissant sur ce que j'avais vu, je recommençai mes frottements. J'étais toute en feu ; cette sensation que j'avais éprouvée s'augmenta par degrés, et parvint à une telle énergie que mon âme, concentrée dans le milieu de moi-même, avait quitté toutes les autres parties de mon corps pour ne s'arrêter que dans cet endroit : je tombai pour la première fois dans un état inconnu dont j'étais enchantée.

Revenue à moi, quelle fut ma surprise, en me tâtant au même endroit, de me trouver toute mouillée. J'eus dans le premier instant une vive inquiétude, qui se dissipa par le souvenir du plaisir que j'avais ressenti, et par un doux sommeil qui me retraça pendant la nuit, dans des songes flatteurs, les agréables images de mon père caressant Lucette. J'étais même encore endormie quand il vint, le lendemain, me réveiller par ses embrassements, que je lui rendis avec usure.

Depuis ce jour, ma bonne et lui me parurent de la meilleure intelligence, quoiqu'il ne restât plus, le matin, si longtemps près de nous. Ils n'imaginaient pas que je fusse au fait de rien et, dans leur sécurité, ils se faisaient dans la journée mille agaceries, qui étaient ordinairement le prélude des retraites qu'ils allaient souvent faire ensemble dans sa chambre, où ils restaient assez longtemps. J'imaginais bien qu'ils allaient répéter ce que j'avais déjà vu ; je ne poussais pas alors mes idées plus loin ; cependant, je mourais d'envie de jouir encore du même spectacle. Tu vas juger, ma chère, du violent désir qui me tourmentait : il était enfin arrivé, cet instant où je devais tout apprendre.

Trois jours après celui dont je viens de te rendre compte, voulant, à quelque prix que ce fût, satisfaire mon désir curieux, lorsque mon père fut sorti et ma bonne occupée, j'imaginai de mettre une soie au coin du rideau et de la faire passer par le coin opposé d'un des carreaux. Cet arrangement préparé, je ne tardai pas à en profiter. Le lendemain, mon père, qui n'avait sur lui qu'une robe de taffetas, entraîna Lucette qui était aussi légèrement vêtue : ils prirent le soin de fermer exactement la porte et d'arranger le rideau ; mais j'avais vaincu tous les obstacles et mon expédient me réussit, au moins en partie. Ils n'y eurent pas été deux minutes qu'impatiente je fus à la porte, et je soulevai faiblement le rideau. J'aperçus Lucette. Ses tétons étaient entièrement découverts ; mon père la tenait dans ses bras et la couvrait de ses baisers. Mais, tourmenté de désirs, bientôt jupes, corset, chemise, tout fut à bas. Qu'elle me parut bien dans cet état ! et que j'aimais à la voir ainsi ! la fraîcheur et les grâces de la jeunesse étaient répandues sur elle. Chère Eugénie, la beauté des femmes a donc un pouvoir bien singulier, un attrait bien puissant, puisqu'elle nous intéresse aussi ! Oui, ma chère, elle est touchante, même pour notre sexe, par ses belles formes arrondies, le satiné et le coloris brillant d'une belle peau ! Tu me l'as fait ressentir dans tes bras, et tu l'as éprouvé comme moi.

Mon père fut bientôt dans un état pareil à celui où il avait mis Lucette. Cette vue m'attacha par sa nouveauté.

Il l'emporta sur un lit de repos que je ne pouvais découvrir.

Dévorée par ma curiosité, je ne ménageai plus rien, je levai le rideau jusqu'à ce que je puisse les voir entièrement. Rien ne fut soustrait à mes regards puisque rien ne gênait leurs plaisirs. Lucette, couchée sur lui, les fesses en l'air, les jambes écartées, me laissait apercevoir toute l'ouverture de sa fente, entre deux petites éminences grasses et rebondies. Cette situation, que je devais au hasard, semblait prise pour satisfaire entièrement ma curieuse impatience. Mon père, les genoux élevés, présentait plus distinctement à mes yeux un vrai bijou, un membre gros, entouré de poils à la racine, où pendait une boule au-dessous ; le bout en était rouge, et demi-couvert d'une peau qui paraissait pouvoir se baisser davantage. Je le vis entrer dans la fente de Lucette, s'y perdre et reparaître tour à tour. Ils se baisaient avec des transports qui me firent juger des plaisirs qu'ils ressentaient. Enfin, je vis cet instrument ressortir tout à fait, le bout totalement découvert, rouge comme le carmin et tout mouillé, jetant une liqueur blanche qui, s'élançant avec impétuosité, se répandit sur les fesses de Lucette.

Conçois, chère Eugénie, dans quelle situation je me trouvais moi-même, ayant sous mes yeux un pareil tableau !

Vivement émue, emportée par des désirs que je n'avais pas encore connus, je tâchais au moins de participer à leur ivresse. Chère amie, que ce retour sur mes jeunes années est encore agréable pour moi !

Enfin, l'attrait du plaisir me retint trop longtemps dans mon embuscade, et mon imprudence me trahit. Mon père, qui jusque-là avait été trop hors de lui pour penser à ce qui l'entourait, vit, en se dégageant des bras de Lucette, le coin du rideau levé ; il m'aperçut ; il s'enveloppa dans sa robe en s'approchant de la porte ; je me retirai avec précipitation ; il vint examiner le rideau et y découvrit ma manœuvre ; il se fixa près de la porte pendant que Lucette se rhabillait. Voyant qu'il restait, je m'imaginai qu'il n'avait rien aperçu. Curieuse de ce qu'ils faisaient encore dans cette chambre, je retournai au carreau. Quelle fut ma surprise quand j'y vis le visage de mon père ! La foudre tombée sur moi ne m'eût pas causé plus de frayeur. Mon stratagème n'avait pas entièrement réussi ; le rideau n'avait pu redescendre de lui-même comme je m'en étais flattée ; cependant, il ne fit semblant de rien dans cet instant.

J'avais aperçu que Lucette était déjà rhabillée ; il revint avec elle et l'envoya veiller à l'ordre de la maison. Je me trouvai seule avec lui. Il s'approcha pour examiner l'ouvrage que j'avais eu à faire : juge, ma chère, à quel point il en était ! J'étais pâle et tremblante. Quel fut mon étonnement quand ce cher et tendre papa me prit dans ses bras et me donna cent baisers !

« Rassure-toi, ma chère Laurette ; qui peut t'inspirer la terreur que je te vois ! Ne crains rien, ma chère fille, tu sais la manière dont j'ai toujours agi vis-à-vis de toi ; je ne te demande rien que la vérité ; je désire que tu me regardes plutôt comme ton ami que comme ton père. Laure, je ne suis que ton ami, je veux qu'en cette qualité tu sois sincère avec moi. Ma Laure, je l'exige aujourd'hui : ne me déguise rien et dis-moi ce que tu faisais pendant que j'étais avec Lucette, et pourquoi l'arrangement singulier de ce rideau.

Sois vraie, je t'en conjure, et sans détour, tu n'auras pas lieu de t'en repentir. Mais si tu ne l'es pas, tu me refroidiras pour toi et tu peux compter sur un couvent. »

Le nom de cette retraite m'avait toujours effrayée. Que je la connaissais peu ! Je mettais alors une différence totale à être renfermée dans ce séjour ou d'être chez mon père.

D'ailleurs, je ne pouvais pas douter qu'il ne fût assuré que j'avais tout vu ; et je m'étais enfin toujours si bien trouvée de ne lui avoir jamais caché la vérité que je ne balançai point à lui rendre compte de tout ce qui m'était connu depuis l'instant où il m'avait emportée, lorsque ma bonne s'était endormie, jusqu'à celui auquel il venait de me rejoindre.

Chaque détail que je lui faisais, chaque tableau que je retraçais, loin d'allumer sa colère, était payé par des baisers et des caresses. Je balançais néanmoins à lui dire que je m'étais procuré des sensations aussi nouvelles pour moi, qu'elles m'avaient paru délicieuses. Mais il en eut le soupçon :

— Ma chère Laurette, tu ne me dis pas tout encore…

Et, passant sa main sur mes fesses en me baisant :

— Achève. Tu ne dois ni ne peux rien me cacher, rends-moi compte de tout…

Je lui avouai que je m'étais procuré, par un frottement semblable à celui que je lui avais vu faire à Lucette, un plaisir des plus vifs, dont j'avais été toute mouillée, et que j'avais répété trois ou quatre fois depuis ce jour-là.

— Mais, ma chère Laure, voyant ce que j'enfonçais à Lucette, cela ne t'a-t-il pas donné l'idée de t'enfoncer le doigt ?

— Non, cher papa, je n'en ai pas seulement eu la pensée.

— Prends garde, Laurette, de m'en imposer. Tu ne peux me cacher ce qui en est ; viens me faire voir si tu as été sincère…

— De tout mon cœur, cher papa… Je ne t'ai rien déguisé.

Il me donna pour lors les noms les plus tendres. Nous passâmes dans sa chambre et, m'étendant sur le lit de repos, il me troussa et m'examina avec beaucoup d'attention ; puis, entrouvrant un peu les bords de ma fente, il voulut y mettre le petit doigt. La douleur qu'il me faisait, annoncée par mes plaintes, l'arrêta.

— Elle est tout enflammée, ma chère enfant ; je vois cependant que tu ne m'as pas trompé : sa rougeur vient sans doute du frottement auquel tu t'es amusée pendant que j'étais avec Lucette…

J'en convins, et je lui avoua ! même que je n'avais pu me procurer le plaisir que je cherchais. La sincérité de ma bouche fut récompensée d'un baiser de la sienne. Il la porta même, et fit frétiller sa langue, sous un endroit qui en éprouvait une sensation délicieuse. Ce genre de caresse me parut neuf et divin, et, pour porter l'enchantement à son comble, ce membre que j'avais vu parut à mes yeux ; je le pris involontairement d'une main, et, de l'autre, j'écartai tout à fait la robe de mon père : il me laissa faire. Je tenais et voyais enfin de près ce bijou charmant que j'avais déjà si bien distingué entre les cuisses de Lucette. Que je le trouvais aimable et singulier ! Je sentis dès ce moment qu'il était le véritable mobile des plaisirs. Cette peau, qui haussait et baissait par les mouvements de ma main, en couvrait et découvrait le bout ; mais quelle ne fut pas ma surprise lorsque, après quelques moments de ce badinage, je le vis répandre la liqueur dont les fesses de ma bonne avaient été inondées. Il y mêlait des transports et des redoublements de caresses que je partageais. Le plaisir produisait en moi l'effet le plus vif. Bientôt, il passa dans mes sens et y mit une émotion indicible. Sa langue continuait son exercice, j'étais suffoquée…

— Ah ! cher papa, achève !… holà ! je me meurs !… Je me pâmai dans ses bras.

Depuis ce temps, tout fut pour moi une source de lumières ; ce que je n'avais pas conçu jusqu'alors se développa dans l'instant. Mon imagination s'ouvrit entièrement ; elle saisissait tout ; il semblait que l'instrument que je touchais fût la clef merveilleuse qui ouvrit tout à coup mon entendement.

Je sentis alors cet aimable papa me devenir plus cher, et ma tendresse pour lui prendre un accroissement incroyable : tout son corps fut livré au plaisir dans mes mains ; mes baisers et mes caresses sans nombre se succédaient sans interruption, et le feu qu'elles excitaient en lui m'animait à les multiplier.

Il me ramena dans ma chambre, où ma bonne revint quelques instants après. Je ne prévoyais pas ce qu'il allait lui dire :

« Lucette, il est désormais inutile que nous nous gênions pour Laure, elle en sait autant que nous. »

Et il lui répéta tout ce que je lui avais détaillé, en lui montrant le jeu du rideau. Elle en parut affectée ; mais je me jetai à son cou et mes caresses, unies aux raisons dont il la tranquillisa, dissipèrent le petit chagrin qu'elle avait témoigné. Il nous embrassa en recommandant à ma bonne de ne point me quitter. Il sortit, et revint une heure après avec une femme qui, dès qu'elle fut entrée, me fit déshabiller et prit sur moi la mesure d'une sorte d'ajustement dont je ne pouvais concevoir ni la forme ni l'usage.

Quand l'heure de se coucher fut venue, il me mit dans le lit de Lucette en la priant de veiller sur moi. Il nous laissa. Mais l'inquiétude le ramenant bientôt près de nous, il se mit dans le même lit. J'étais entre elle et lui ; il me tenait embrassée et, couvrant de sa main l'entre-deux de mes cuisses, il ne me laissait pas y porter la mienne. Je pris alors son instrument, qui me causa beaucoup de surprise en le trouvant mou et pendant.

Je ne l'avais point encore vu dans cet état, m'imaginant au contraire qu'il était toujours gros, raide et relevé : il ne tarda pas à reprendre, dans ma main, la fermeté et la grosseur que je lui connaissais. Lucette, qui s'aperçut de nos actions, étonnée de sa conduite ne pouvait la concevoir, et me fit beaucoup de peine par son propos :

— La manière, monsieur ! dont vous agissez avec Laurette a lieu de me surprendre. Vous, monsieur, vous, son père !…

— Oui et non, Lucette. C'est un secret que je veux bien confier à votre discrétion et à celle de Laure, qui y est assez intéressée pour le garder. Il est même nécessaire, par les circonstances, de vous en faire part à l'une et l'autre.

Il y avait quinze jours que je connaissais sa mère, quand je l'épousai. Je découvris dès le premier jour l'état où elle était ; je trouvai qu'il était de la prudence de n'en rien faire paraître. Je la menai dans une province éloignée, sous un nom de terre, afin qu'on ne pût rassembler les dates. Au bout de quatre mois, Laure vint au monde, jouissant de la force et de la santé d'un enfant de neuf mois bien accomplis. Je restai six mois encore dans la même province et je les ramenai toutes deux au bout de ce terme.

Vous voyez à présent l'une et l'autre que cette enfant, qui m'est devenue si chère, n'est point ma fille suivant la nature : absolument étrangère pour moi, elle n'est ma fille que par affection. Le scrupule intérieur ne peut donc exister, et toute autre considération m'est indifférente, avec de la prudence.

Je me souvins aussitôt de la réponse qu'il avait faite à ma

mère : le silence qu'elle observa dans ce moment ne me parut plus extraordinaire. Je le dis à Lucette dont l'étonnement cessa d'abord.

— Mais comment donc en avez-vous agi vis-à-vis de votre épouse lorsque cet événement fut à votre connaissance ?

— Tout simplement ; j'ai vécu toujours avec elle d'une manière indifférente, et je ne lui en ai jamais parlé que la seule fois dont Laure vient de vous rendre compte ; encore y avait-elle donné lieu. Le comte de Norval, à qui elle doit le jour, est un cavalier aimable, bien fait et d'une figure intéressante, doué des qualités qui plaisent aux femmes. Je ne fus point étonné qu'elle se fût livrée à son penchant.

Cependant, elle ne put l'épouser, ses parents ne le trouvant pas assez riche pour elle. Mais si Laure ne m'est rien par le sang et la nature, la tendre affection que j'ai conçue pour cette aimable enfant me la fait regarder comme ma fille et me la rend peut-être plus chère. Néanmoins, cet événement fut cause que je n'approchai jamais de sa mère, me sentant pour elle une opposition que sa fausseté fit naître et que je n'ai pu vaincre, d'autant plus que son caractère et son humeur ne faisaient que l'augmenter. Ainsi, je ne tiens à ma chère Laurette que par les liens du cœur, ayant trouvé en elle tout ce qui pouvait produire et m'inspirer l'attachement et l'amitié la plus tendre.

Ma bonne m'embrassa et me fit cent caresses qui dénotaient que le scrupule et ses préjugés étaient enfin totalement effacés. Je les lui rendis avec chaleur : je pris ses tétons, que je trouvais si jolis ; je les baisais, j'en suçais le bout. Mon père passa la main sur elle ; il rencontra la mienne qu'il prit ; il me la promena sur le ventre de Lucette, sur ses cuisses. Sa peau était d'un velouté charmant ; il me la porta sur son poil, sur sa motte, sur sa fente : j'appris bientôt le nom de toutes ces parties. Je mis mon doigt où je jugeai bien que je lui ferais plaisir. Je sentis dans cet endroit quelque chose d'un peu dur et gonflé.

— Bon ! Ma Laure, tu tiens l'endroit sensible, remue la main et ne quitte pas son clitoris tandis que je mettrai mon doigt dans son petit conin…

Lucette me serrait entre ses bras, me caressait les fesses ; elle prit le vit de mon papa, le mit entre mes cuisses, mais il n'enfonçait ni ne s'agitait. Bientôt ma bonne ressentit l'excès du plaisir ; ses baisers multipliés, ses soupirs nous l'annoncèrent :

— Holà ! holà ! vite, Laurette ! .., chère amie, enfonce… Ah ! je décharge !… je me meurs !…

Que ces expressions de volupté avaient de charmes pour moi ! Je sentis son petit conin tout mouillé ; le doigt de mon papa en sortit tout couvert de ce qu'elle avait répandu. Ah ! chère Eugénie, que j'étais animée ! Je pris la main de Lucette, je la portai entre mes cuisses ; je désirais qu'elle fit pour moi ce que je venais de faire pour elle ; mais mon papa, couvrant de sa main ma petite motte, arrêta ses mouvements, suspendit mes desseins. Il était trop voluptueux pour n'être pas ménagé des plaisirs. Il modérait ses désirs ; il suspendit mon impatience et nous recommanda d'être tranquilles. Nous nous endormîmes entre les bras les uns des autres, plongés dans la plus agréable ivresse. Je n'avais pas encore passé de nuit qui me plût autant.

Nous étions au milieu des caresses du réveil, lorsque mon père fit ouvrir à cette femme qu'il avait fait venir la veille. Quels furent ma surprise et mon chagrin lorsqu'elle mit sur moi un caleçon de maroquin doublé de velours qui, me prenant au-dessous des hanches, ne descendait qu'au milieu des cuisses ! Tout était assez lâche, et ne me gênait point ; la ceinture, seulement, me prenait juste la taille, et avait des courroies semblables au caleçon, qui passaient par-dessus mes épaules et qui étaient assemblées en haut par une traverse pareille, qui tenait de l'une à l'autre. On pouvait élargir tout cet assemblage autant qu'on le jugeait à propos. La ceinture était ouverte par-devant, en prolongeant plus de quatre doigts au-dessous. Le long de cette ouverture, il y avait des œillets des deux côtés, dans lesquels mon père passa une petite chaîne de vermeil délicatement travaillée, qu'il ferma d'une serrure à secret :

« Ma chère Laure, aimable enfant, ta santé et ta conservation m'intéressent : le hasard t'a instruite sur ce que tu ne devais savoir qu'à dix-huit ans. Il est nécessaire que je prenne des précautions contre tes connaissances et contre un penchant que tu tiens de la nature et de l'amour. Tu apprendras du temps à m'en savoir gré, et tout autre moyen n'irait point à ma façon de penser, et à mes desseins. »

Je fus d'abord très fâchée, et je ne pouvais cacher l'humeur que j'en avais. Mais j'ai trop bien appris depuis combien je lui en devais de reconnaissance.

Il avait prévu à tout. Au bas de ce caleçon était une petite gondole d'argent, dorée en dedans, qui était de la largeur de l'entre-deux de mes cuisses ; toute ma petite motte y était renfermée. Elle se prolongeait, en s'élargissant, par une plaque qui s'étendait quatre doigts au-dessous de mon petit conin, et elle se terminait en pointe arrondie jusqu'au trou de mon cul, sans aucune incommodité. Elle était fendue en long, et cette fente s'ouvrait et se fermait, par des charnières à plat, en écartant ou resserrant les cuisses. Un canal d'anneaux à charnières plates, de même métal, y était attaché et me servait de conduit. Ce caleçon avait un trou rond, assez grand, vis-à-vis celui de mon cul, qui me laissait la liberté de faire toutes les fonctions nécessaires sans l'ôter. Mais il m'était impossible d'introduire le doigt dans mon petit conin, et encore moins de le branler, point essentiel que mon père voulait éviter, et dont la privation me faisait le plus de peine.

J'ai pensé bien des fois depuis, ma chère, qu'on ferait bien d'employer quelque chose de semblable pour les garçons, afin d'éviter les épuisements où ils se plongent avant l'âge. Car, de quelque façon qu'on veille sur eux, la société qu'ils ont ensemble ne leur apprend que trop, et trop tôt, la manière de s'y livrer.

Pendant quatre ou cinq années qui se sont écoulées depuis ce jour-là, tous les soirs mon père ôtait lui-même ce caleçon ; Lucette le nettoyait avec soin et me lavait. Il examinait s'il me blessait, et il me le remettait. Depuis ce moment, jusqu'à l'âge de seize ans, je ne le quittai pas.

Durant tout ce temps, mes talents s'accrurent, et j'acquis des lumières dans tous les genres. Une curiosité naturelle me faisait désirer d'apprendre les raisons de tout ; chaque année voyait augmenter mes connaissances, et je ne cessais de chercher à en acquérir. Je m'étais accoutumée à l'emprisonnement où j'étais, et la perspective de la fin m'avait rendu supportable le temps où j'y étais condamnée. Je m'étais fait une raison de cette nécessité d'autant plus aisément qu'elle ne m'empêchait pas de jouir des caresses que je faisais ou de celles dont j'étais témoin, puisque j'avais mis ma bonne et mon papa dans le cas de n'être pas gênés par ma présence.

Parmi toutes les questions que je lui faisais, je n'oubliais guère celle où je trouvais le plus d'intérêt. Plus j'avançais en âge, plus la nature parlait en moi, avec d'autant plus de force que leurs plaisirs l'animaient vivement. Aussi lui demandais-je souvent sur quelles raisons était fondée la nécessité de la contrainte où il me tenait, et quel était le sujet des précautions qu'il avait prises vis-à-vis de moi. Il m'avait toujours renvoyée à un âge plus avancé. J'étais enfin dans ma seizième année lorsqu'il me donna la solution de cette demande :

— Puis-je donc à la fin, cher papa, savoir quelles sont les causes qui vous ont engagé de me faire porter ce fâcheux caleçon, puisque vous m'assurez avoir tant de tendresse pour votre Laurette ? Ma bonne est plus heureuse que moi, ou vous m'aimez moins qu'elle. Expliquez-moi donc aujourd'hui les vues qui vous y ont déterminé.

— Cette même tendresse, cette même affection que j'ai

pour toi, ma chère fille, ne te fait plus regarder comme une enfant. Tu es à présent dans l'âge où l'on peut t'instruire à peu près de tout, et peut-être le dois-je encore plus avec toi.

Apprends donc, ma Laurette, que la nature, chez l'homme, travaille à l'accroissement des individus jusqu'à quinze ou seize ans. Ce terme est plus ou moins éloigné suivant les sujets, mais il est assez général pour ton sexe.

Cependant, il n'est dans le complément de sa force qu'à dix-sept ou dix-huit ans. Dans les hommes, la nature met plus de temps à acquérir sa perfection. Lorsqu'on détourne ses opérations par des épanchements prématurés et multipliés d'une matière qui aurait dû servir à cet accroissement, on s'en ressent toute la vie et les accidents qui en résultent sont des plus fâcheux. Les femmes, par exemple, ou meurent de bonne heure, ou restent petites, faibles et languissantes, ou tombent dans un marasme, un amaigrissement qui dégénère en maux de poitrine dont elles sont bientôt les victimes, ou elles privent leur sang d'un véhicule propre à produire leurs règles dans l'âge ordinaire, et d'une manière avantageuse, ou elles sont enfin sujettes à des vapeurs, à des crispations de nerfs, à des vertiges, ou à des fureurs utérines, à l'affaiblissement de la vue et au dépérissement ; elles terminent leurs jours dans un état quelquefois fort triste. Les jeunes gens essuient des accidents à peu près semblables ; ils traînent des jours malheureux, s'ils ne meurent pas prématurément.

Cet affreux tableau, chère Eugénie, m'effraya et m'engagea de lui témoigner ma reconnaissance de son amitié et de ses soins en mettant de bonne heure obstacle au penchant que je me sentais pour le plaisir et la volupté. La vie me paraissait agréable, et, quelque goût que j'eusse pour le plaisir, je ne voulais point l'acheter, lui disais-je, aux dépens de mes jours et de ma santé.

« Je l'ai reconnu d'abord en toi, ma chère Laurette, ce penchant ; je savais que, dans l'âge où tu étais, toutes les raisons du monde ne pouvaient en détourner ; c'est ce qui m'a fait prendre des précautions que tu n'as pu vaincre, et que je n'ai pas dessein de lever encore. Il serait même avantageux qu'elles pussent être mises en usage pour toutes sortes de jeunes gens que des circonstances imprévues, ou des personnes imprudentes, ont malheureusement instruits beaucoup trop tôt.

La frayeur d'une santé délabrée, la crainte d'une mort prématurée, se présentaient vivement à mon imagination ; cependant, ce que je lui avais vu faire à Lucette, et la manière dont il vivait avec elle, suspendait en quelque sorte l'énergie de ses images, la force et l'effet de ses raisons : je ne pus me refuser de lui faire part de mes doutes :

— Pourquoi donc, cher papa, ne prenez-vous pas avec ma bonne les mêmes précautions qu'avec moi ? Pourquoi lui procurez-vous souvent, au contraire, ce que vous me refusez entièrement ?

— Mais, ma fille, fais donc attention que Lucette est dans un âge absolument formé, qu'elle n'abandonne que le superflu de son existence, que c'est le temps où elle peut nourrir dans son sein d'autres êtres et que, dès cet instant, elle a plus qu'il ne faut pour la conservation du sien, ce qui s'annonce si bien par l'exactitude de ses règles. Il ne faut pas te cacher non plus, ma chère Laurette, que, chez elle, une trop grande quantité de semence retenue, en refluant dans son sang, y porterait le feu et le ravage, ou, en stagnant dans les parties qui la séparent du reste des humeurs, pourrait se corrompre ou embarrasser la circulation ; elle serait exposée, peut-être, à des accidents aussi dangereux que ceux de l'épuisement : tels sont les vapeurs, les vertiges, la démence, les accès frénétiques et autres.

N'en voit-on pas des exemples fâcheux dans certains monastères où le cagotisme règne en despote, et où rien ne soulage de malheureuses recluses qui n'ont pas l'esprit de se retourner ?

L'extravagance monacale a inventé de mêler dans leurs boissons des décoctions de nénuphar ou des infusions de nitre en vue de détourner les dispositions d'une nature trop active ; mais, pris un certain temps, ces palliatifs deviennent sans effet, ou détruisent tellement l'organisation de l'estomac et la santé de ces prisonnières qu'il leur en survient des fleurs blanches, des défaillances, des oppressions et des douleurs internes pendant le peu de temps qu'il leur reste à vivre. Il y a même de ces endroits où la sottise est portée au point de traiter de même leurs pensionnaires, et souvent elles sortent de ces maisons, ou cacochymes, ou avec le genre nerveux attaqué, ou hors d'état de produire leur espèce, soit par la destruction des germes, soit par l'inertie où cet usage a plongé les forces de la nature et l'esprit vital ; et c'est à quoi les parents qui chérissent leurs enfants ne font pas assez d'attention.

Apprends encore, ma chère Laure, qu'à un certain âge la fougue du tempérament commence à s'éteindre, ce qui arrive plus tôt chez les uns que chez les autres par une disposition et qualité différentes des liqueurs qui sont en nous, ou par une diminution de sensibilité dans les organes. Cette semence, alors refluée dans le sang, se tourne en embonpoint, qui quelquefois devient monstrueux par la suppression totale des épanchements, et ces individus, loin d'être propres à l'union des sexes, y sont même indifférents et ne conçoivent presque plus comment on peut y être sensible.

Mais, ma chère enfant, dans l'âge où le superflu commence à s'annoncer, où le feu du tempérament est un ardent brasier, si l'on s'en dégage avec la prudence qu'il est nécessaire de conserver, loin de nuire à sa santé, loin de faire tort à sa beauté, on entretient l'une et l'autre dans toute la vigueur et dans toute la fraîcheur qu'elles peuvent avoir. Cependant, ma Laurette, il y a bien de la différence dans les moyens. Une femme, entre les bras d'un homme, est bien plus animée par la différence du sexe : combien l'est-elle plus à proportion du goût qu'elle a pour lui ? Elle l'est même par l'approche et l'attouchement d'une personne du sien qui lui plaît. L'imagination et la nature se prêtent avec bien plus de facilité et beaucoup moins d'efforts que si elle se procurait d'elle-même et seule ces sensations voluptueuses. Apprécie donc mieux à présent la conduite que je tiens entre Lucette et toi.

— Eh bien ! cher papa, car je vous donnerai toujours ce

nom, je me rends à des raisons si solides et je conçois votre prudence ; mais à quel âge ferez-vous donc avec moi ce que vous faites avec elle ? Cet instant manque à ma félicité puisque je ne puis remplir tous vos désirs et les satisfaire dans toute leur étendue.

— Attends, fille charmante, que la nature parle en notre faveur d'une manière intelligible. Tes tétons n'ont point encore acquis leur forme ; le duvet qui couvre les lèvres de ton petit conin est encore trop faible, à peine a-t-il porté les premières fleurs ; attends un peu plus de force : alors, chère Laurette, enfant de mon cœur, c'est de ta tendresse que je recevrai ce présent ; tu me laisseras cueillir cette fleur que je cultive ; mais attendons cet heureux instant.

Ne crois pas cependant, ma chère fille, qu'à cette époque je te laisse livrée tout à fait à toi-même : dans une constitution robuste, cet instant arrivé suffit souvent, encore est-il nécessaire de se ménager ; mais dans un tempérament délicat, il faut pousser l'attention bien plus loin et contraindre jusqu'à dix-sept ou dix-huit ans, où les femmes sont dans toute leur force, les penchants qu'elles peuvent avoir à se laisser aller aux attraits de la volupté.

Tout ce qu'il me disait, Eugénie, s'imprimait fortement dans ma mémoire ; ses raisonnements me paraissaient appuyés sur des fondements des plus solides, et sa complaisance à répondre sans déguisement à mes questions m'engageait à lui en faire de nouvelles. Lucette, si profondément endormie la première fois que je les découvris ensemble, formait un mystère pour moi que je désirais d'éclaircir. Un jour, enfin, je lui en demandai la raison :

— Pourquoi, cher papa, Lucette dormait-elle si fort le premier jour que vous lui découvrîtes les tétons et que vous rites avec elle tout ce que vous désiriez sans qu'elle s'éveillât ? Ce sommeil était-il réel ou feint ?

— Très réel, ma chère Laure, mais c'est mon secret.

Dois-je t'en instruire ? Oui, cet exemple pourra te devenir utile pour t'en garantir. Je t'avoue que depuis longtemps le besoin me tourmentait ; j'étais souvent très animé avec toi, je ne pouvais me satisfaire. Je vis Lucette, elle me plut et parut me convenir de toutes manières. Mais, voyant qu'elle reculait et balançait à se rendre à mes désirs, je pris mon parti : je lui fis avaler quinze ou vingt gouttes d'une potion dormitive dans le verre de liqueur que je lui donnai ; tu en as vu l'effet. Mais je ne me contentai pas de cela : je redoutais le moment de son réveil et je craignais que la surprise et la colère ne l'emportassent trop loin. Pour l'éviter, j'avais préparé d'avance une composition capable d'exciter la nature à la concupiscence : c'est ce qu'on appelle un philtre. Quand je t'eus portée dans mon lit, je revins en prendre trois ou quatre gouttes dans ma main, dont je frottai toute sa motte, son clitoris et l'entre-deux des lèvres. Cette liqueur a même la propriété d'exciter un homme affaibli, et de le faire bander s'il s'en frotte à la même dose le périnée et toutes les parties quelque temps avant d'entrer en lice. Lucette ne fut pas une heure couchée qu'elle s'éveilla ; elle ressentait une démangeaison, une ardeur, une passion que rien ne pouvait éteindre. Elle ne parut point étonnée de me voir dans ses bras ; elle les passa autour de moi, et loin d'opposer de la résistance à mes caresses et à mes désirs, tout émue par les siens elle écarta d'elle-même les genoux, et bientôt je goûtai les plaisirs les plus vifs, que je lui fis partager. Mais attentif aux suites qui pouvaient en arriver, au moment où je sentis la volupté prête à s'élancer comme une flamme, je me retirai et j'inondai sa motte et son ventre d'une copieuse libation que je répandis sur l'autel où je portais alors tous mes vœux.

Depuis ce moment, Lucette s'est toujours prêtée à mes volontés, et c'est par sa complaisance, mon inattention et la curiosité que je ne soupçonnais pas de ton âge que tu as découvert ce mystère. Elle ignore ce que je viens de t'apprendre, et tu dois garder ma confidence.

— Soyez-en assuré, cher papa, mais achevez-la, je vous prie, tout entière. Ne craignez-vous pas de lui faire un enfant si vous ne vous retirez pas toujours à temps ? En est-on absolument le maître ? N'est-on pas quelquefois emporté par le plaisir, et la crainte qu'on peut avoir de ses suites n'en diminue-t-elle pas l'étendue et l'excès ?

— Ah ! ma fille, jusqu'où ton imagination curieuse ne va-t-elle pas ? Je vois bien que je ne dois rien te cacher. Si je ne te garantissais pas de tout événement, je ferais sans doute une folie de t'éclairer ; mais je ne risque rien avec toi, et ta raison est au-delà de ton âge.

Apprends donc que la semence qui n'est point dardée dans la matrice ne peut rien produire ; qu'elle ne peut s'y rendre lorsqu'on intercepte le sucement qui lui est ordinaire. Cela reconnu, plusieurs femmes ont imaginé de repousser, par un mouvement interne, la semence, au moment où elles croyaient leur amant dans les délices du plaisir ; mais pour qu'elles aient cette liberté d'esprit, il ne faut pas qu'elles le partagent, privation bien dure ; encore rien n'est-il moins assuré. Des hommes ont pensé qu'en se retirant presque à l'entrée il n'y avait rien à craindre. Mais ils se trompent, la matrice étant une pompe avide. D'ailleurs, il y a des hommes qui, emportés par les délicieuses sensations qu'ils éprouvent, ne sont pas maîtres de se retirer à temps. L'inquiétude, la crainte des suites diminuent ordinairement l'excès du plaisir. Mais un moyen auquel on peut avoir la plus grande confiance est celui que j'emploie avec Lucette ; il donne la liberté de se livrer sans inquiétude à tous les transports, et le feu du plaisir. J'engageai donc ta bonne, depuis le jour où tu nous as découverts, à se munir avant nos embrassements d'une éponge fine avec un cordon de soie délicat qui la traverse en entier, et qui sert à la retirer. On imbibe cette éponge dans l'eau mélangée de quelques gouttes d'eau-de-vie ; on l'introduit exactement à l'entrée dé la matrice, afin de la boucher ; et quand bien même les esprits subtils de la semence passeraient par les pores de l'éponge, la liqueur étrangère qui s'y trouve, mêlée avec eux, en détruit la puissance et la nature. On sait que l'air même suffit pour la rendre sans vertu. Dès lors, il est impossible que Lucette fasse des enfants.

— J'avais déjà pressenti, cher papa, l'utilité de cette éponge, mais j'en désirais l'explication, et celle que tu m'en donnes satisfait toutes mes idées.

— Je t'avoue, ma Laurette, qu'elle est un effet de ma tendresse pour toi, et c'est un aveu que je ne m'attendais pas à te faire, surtout dans un âge aussi tendre ; de pareils secrets sont propres à chasser bien loin la timidité de beaucoup de filles que la crainte des suites retient le plus souvent.

Je n'ai pas oublié cette découverte dans le besoin. Je t'en ai déjà fait part, chère Eugénie, de cette ressource favorable et salutaire à laquelle tu as eu assez de foi, sur ma propre expérience, pour te livrer à ta tendresse et aux sollicitations de ton amant.

Telle était une partie des conversations que nous mêlions à nos plaisirs, à nos caresses et aux autres instructions qu'il me donnait, dont il avait l'art de me faire profiter sans peine. Les livres de toutes espèces étaient entre mes mains ; il n'y en avait aucun d'excepté : mais il dirigeait mon goût sur ceux qui traitaient des sciences, aussi loin qu'ils pouvaient convenir à mon sexe. Je veux t'en donner un échantillon, et un léger précis dans une matière où je l'avais souvent questionné :

— Peux-tu concevoir, ma Laure, et fixer un point d'arrêt sur l'immensité dont notre globe est environné ? Pousse-la aussi loin que ton imagination puisse l'étendre, à quelle distance inconcevable seras-tu encore du but ? Que penses-tu qui remplisse cet espace immense ? Des éléments dont la nature et le nombre sont et seront toujours inconnus ; il est impossible de savoir s'il n'y en a qu'un seul dont les modifications présentent à nos yeux et à notre pensée ceux que nous apercevons, ou si chacun de ces éléments a une racine absolument propre qui ne puisse être convertie en une autre. Dans une ignorance si parfaite de la nature des choses dont nous faisons tous les jours usage, il paraît ridicule que les hommes aient fixé le nombre de ces éléments : rien n'est plus digne de la sphère étroite de leurs idées, et néanmoins, à les entendre, il semble qu'ils aient assisté aux dispositions de l'Ordonnateur éternel. Mais enfin, qu'ils soient un ou plusieurs, l'assemblage de leurs parties forme les corps et se trouve uni dans un nombre très multiplié de globules de feu et de matière qui paraît inerte aux yeux préoccupés. Que penses-tu donc de ces points de feu brillants connus parmi nous sous le nom d'étoiles ? Eh bien ! ma fille, ce sont de vastes globes enflammés semblables à notre soleil, établis pour éclairer, échauffer et donner la vie à une multitude de globes terrestres, peut-être chacun aussi peuplé que le nôtre. Quelques-uns ont cru qu'ils étaient placés là pour nous éclairer pendant la nuit ; l'amour-propre leur fait rapporter tout à nous, afin que tout aille à eux. Et de quoi nous servent-ils, ces globes, quand l'air est obscurci par les nuages ou les vapeurs ? La lune paraîtrait plutôt être destinée à cet office ; elle nous éclaire dans l'absence du soleil, même à travers les parties nébuleuses qui couvrent souvent notre horizon ; et cependant ce n'est pas là son unique destination : on ne peut même affirmer qu'elle n'est pas un monde, dont les habitants doutent si nous existons et sont peut-être assez stupides pour se flatter de jouir seuls de la magnificence des cieux ; peut-être aussi sont-ils plus pénétrants, plus ingénieux que nous, ou pourvus de meilleurs organes, et qu'ils savent juger plus sainement des choses. Les planètes sont des terres comme

la nôtre, peuplées sans doute de végétaux et d'animaux différents de ceux que nous connaissons, car rien dans la nature
n'est semblable.

Dans ce point de vue, et parmi cette infinité de boules de
matière, que devient notre terre ? Un point qui fait nombre
parmi les autres. Et nous ! fourmis répandues sur cette boule,
que sommes-nous donc pour être le type, le point central
et le but où se rendent les prétendues vérités dont on berce
l'enfance ?

C'est à peu près ainsi que mon père tâchait chaque jour de
tracer dans mon esprit des impressions de philosophie.

Je lui demandai un jour :
— Quel est cet Être créateur de tout, que je sentais mal
défini dans les notions qu'on m'en avait données ?
Il me dit :
— Cet Être magnifique est incompréhensible ; il est senti
sans être connu ; c'est nos respects qu'il exige ; il méprise nos
spéculations. S'il existe plusieurs éléments, c'est de ses mains
qu'ils sortent ; il les a créés par la puissance de sa volonté : il
est donc l'âme de l'univers. S'il n'existe qu'un élément, il ne
peut être que lui-même : connaissons-nous les bornes de son
pouvoir ? N'a-t-il pas pu dépendre de lui de se transformer
dans la matière que nous voyons, dont nous ne connaissons
ni la nature ni l'essence ? Et ce qu'il a pu faire dans un temps,
ne l'a-t-il pas pu de toute éternité ? C'en est assez, ma chère
enfant, pour le présent ; quand tu seras dans un âge plus avancé, j'écarterai de tout mon pouvoir les voiles qui couvrent la

vérité.

Mon père se plaisait à me faire lire des livres de morale dont nous examinions les principes, non sous la perspective vulgaire, mais sous celle de la nature. En effet, c'est sur les lois dictées par elle et imprimées dans nos cœurs qu'il faut la considérer. Il la réduisait à ce seul principe, auquel tout le reste est étranger mais qui renferme une étendue considérable : faire pour les autres ce que nous voudrions qu'on fît pour nous, lorsque la possibilité s'y trouve ; et ne point faire aux autres ce que nous ne voudrions pas qu'on nous lît. Tu vois, ma chère, que cette science dont on parle tant n'est jamais relative qu'à l'espèce humaine ; et si elle n'est rien en elle-même, au moins est-elle utile à son bonheur.

Les romans étaient presque bannis de mes yeux, et il me faisait voir, dans presque tous, une ressemblance assez générale dans le tissu, les vues et le but, à la différence près du style, des événements et de certains caractères. Il y en avait cependant plusieurs qui étaient exceptés de cette règle ; il me donnait volontiers ceux dont le sujet était moral. Peu des autres peignent les hommes et les femmes de leurs véritables couleurs : ils y sont présentés sous le plus bel aspect. Ah ! ma chère, combien cette apparence est en général loin de la réalité : les uns et les autres vus de près, quelle différence n'y trouve-t-on pas ? Je puisais dans les voyageurs et dans les coutumes des nations un genre d'instruction qui me faisait mieux apprécier l'humanité en général, comme la société fait apercevoir les nuances des caractères.

Les livres d'histoire, qui me rendaient compte des mœurs antiques et des préjugés différents qui, tour à tour, ont couvert la surface de la terre, étaient ma balance. Les ouvrages de nos meilleurs poètes formaient le genre amusant, pour lequel mon goût était le plus décidé et que j'inculquais avec empressement dans ma mémoire.

Il me remit un jour entre les mains un livre qui venait de paraître, en me recommandant d'y réfléchir :

« Lis, ma chère Laurette. Cet ouvrage est la production d'un génie dont tu as lu presque tout ce qu'il a mis au jour et dont ta mémoire possède plusieurs morceaux, qui unit un style élevé, élégant, agréable et facile, propre à lui seul à des idées profondes. Zadig, paré de ses mains, t'apprendra sous l'allégorie d'un conte qu'il n'arrive point d'événements dans la vie qui soient à notre disposition. »

De quelque aveuglement dont l'amour-propre et la vanité nous fascinent, sois assurée que, pour un esprit attentif et réfléchi, il est d'une vérité palpable et constante que tout s'enchaîne afin de suivre un ordre fixé pour l'ensemble et pour chacun en particulier ; des circonstances imprévues forcent les idées et les actions des humains ; des raisons éloignées, et souvent imperceptibles, les entraînent dans une détermination qui, presque toujours, leur paraît volontaire : elle semble venir d'eux et de leur choix, tandis que tout les y porte sans qu'ils s'en aperçoivent. Ils tiennent même de la nature les formes, le caractère et le tempérament qui concourent à leur faire remplir le rôle qu'ils ont à jouer, et dont toute la marche est dessinée d'avance dans les décrets du moteur éternel.

Si l'on peut prévoir quelques événements, ce n'est que par une perspicacité, une sagacité de vue sur la chaîne de ces circonstances qu'on ne peut cependant changer, et qui est d'une force irrésistible, même pour ce qui constitue le malheur. Le plus sage est celui qui sait se prêter au cours naturel des choses.

Pour toi, ma chère Eugénie, ton esprit facile sait se plier à tout ; ta docilité te rend heureuse et tu sais l'être malgré les entraves mises à ta liberté ; tu savoures les plaisirs que tu inventes sans t'inquiéter de ceux qui te manquent.

J'avançais en âge et j'atteignais la fin de ma seizième année lorsque ma situation prit une face nouvelle : les formes commençaient à se décider ; mes tétons avaient acquis du volume, j'en admirais l'arrondissement journalier, j'en faisais voir tous les jours les progrès à Lucette et à mon papa, je les leur faisais baiser, je mettais leurs mains dessus et je leur faisais faire attention qu'ils les remplissaient déjà ; enfin, je leur donnais mille marques de mon impatience. Élevée sans préjugés, je n'écoutais, je ne suivais que la voix de la nature : ce badinage l'animait et l'excitait vivement, je m'en apercevais :

« Tu bandes, cher papa, viens… »

Et je le mettais entre les bras de Lucette. Je n'étais pas moins émue, mais je jouissais de leurs plaisirs. Nous vivions, elle et moi, dans l'union la plus intime ; elle me chérissait autant que je l'aimais ; je couchais ordinairement avec elle, et je n'y manquais pas, lorsque mon papa était absent. Je remplissais son rôle du mieux que je le pouvais : je l'embrassais, je suçais sa langue, ses tétons ; je baisais ses fesses, son ventre, je caressais sa jolie motte, je la branlais ; mes doigts prenaient souvent la place du vit que je ne pouvais lui fournir, et je la plongeais à mon tour dans ces agonies voluptueuses où j'étais enchantée de la voir. Mon humeur et mes manières lui avaient fait prendre pour moi une affection dont je ne puis, ma chère, te donner l'idée que d'après la tienne. Elle m'avait vue bien des fois, au milieu de nos caresses, violemment animée et, dans ces moments, elle m'assurait qu'elle désirait que je fusse au terme où elle pût aussi me procurer, sans danger, les mêmes plaisirs que je lui donnais. Elle souhaitait que mon papa me l'eût mis et eût ouvert la route sur laquelle ils sont semés :

« Oui, ma chère Laure, disait-elle, quand cet instant arrivera, je projette d'en faire une fête ; je l'attends avec empressement. Mais, ma chère amie, je crois apercevoir qu'il ne tardera pas : tes tétons naissants sont presque formés, tes membres s'arrondissent, ta motte se rebondit, elle est déjà toute couverte d'un tendre gazon, ton petit conin est d'un incarnat admirable, et j'ai cru découvrir dans tes yeux que la nature veut qu'on te mette bientôt au rang des femmes. L'année dernière, au printemps, tu vis les préludes d'une éruption qui va s'établir tout à fait. »

En effet, je ne tardai pas à me sentir plus pesante, la tête chargée, les yeux moins vifs, les douleurs de reins et des sensations d'une colique extraordinaire pour moi ; enfin, huit ou dix jours après, Lucette trouva la gondole ensanglantée. Mon père ne me la remit pas. Ils avaient pressenti l'effet de ma situation ; j'en étais prévenue ; je restai près de neuf jours dans cet état, après lesquels je redevins aussi gaie et je jouis d'une santé aussi brillante qu'auparavant.

Que j'eus de joie de cet événement ! J'en étais folle, j'embrassai Lucette :

— Ma chère bonne, que je vais être heureuse !

Je volai au cou de mon papa, je le couvris de mes baisers :

— Me voilà donc enfin à l'époque où tu me désirais !…

Que je serai contente si je puis faire naître tes désirs et les satisfaire !… Mon bonheur est d'être tout entière à toi : mon amour et ma tendresse en font l'objet de ma félicité…

Il me prit dans ses bras, me mit sur ses genoux. Ah ! qu'il me rendait bien les caresses que je lui faisais ! Il pressait mes tétons, il les baisait, il suçait mes lèvres, sa langue venait caresser la mienne ; mes fesses, mon petit conin, tout était livré à ses mains brûlantes.

— Il est enfin arrivé, charmante et chère Laure, cet heureux instant où ta tendresse et la mienne vont s'unir dans le sein de la volupté ; aujourd'hui même je veux avoir ton pucelage et cueillir la fleur qui vient d'éclore ; je vais la devoir à ton amour, et ce sentiment de ton cœur y met un prix infini ; mais tu dois être prévenue que, si le plaisir doit suivre nos embrassements et nos transports, le moment qui va me rendre maître de cette charmante rose te fera sentir quelques épines qui te causeront de la douleur.

— Qu'importe, fais-moi souffrir, mets-moi toute en sang si tu veux, je ne puis te faire trop de sacrifices, ton plaisir et ta satisfaction sont l'objet de mes désirs.

Le feu brillait dans nos yeux. L'aimable Lucette, voulant coopérer à l'effusion du sang de la victime, ne montrait pas moins d'empressement que si elle-même eût été le sacrificateur. Ils m'enlevèrent et me portèrent dans un cabinet qu'ils avaient fait préparer pendant le temps de mon état. La lumière du jour en était absolument bannie ; un lit de satin gros bleu était placé dans un enfoncement entouré de glaces. Les foyers de quatre réverbères placés dans les encoignures, adoucis par des gazes bleues, venaient se réunir sur un petit coussin de satin couleur de feu, mis au milieu, qui formait la pierre sur laquelle devait se consommer le sacrifice. Lucette exposa bientôt à découvert tous les appas que j'avais reçus de la nature ; elle ne para cette victime volontaire qu'avec des rubans couleur de feu qu'elle noua au-dessus de mes coudes et à la ceinture dont, comme une autre Vénus, elle marqua ma taille. Ma tête, couronnée simplement de sa longue chevelure, n'avait d'autre ornement qu'un ruban de la même couleur qui la retenait. Je me jetai de moi-même sur l'autel.

Quelques parures que j'eusse auparavant portées, je me trouvais alors bien plus belle de ma seule beauté ; je me regardais dans les glaces avec une complaisance satisfaite, un contentement singulier. Je paraissais d'une blancheur éblouissante, mes petits tétons, si jeunes encore, s'élevaient sur mon sein comme deux demi-boules parfaitement rondes,

relevées de deux petits boutons d'une couleur de chair rose ;
un duvet clair ombrageait une jolie motte grasse et rebondie
qui, faiblement entrouverte, laissait apercevoir un bout de
clitoris semblable à celui d'une langue entre deux lèvres ; il
appelait le plaisir et la volupté. Une taille fine et bien prise,
un pied mignon surmonté d'une jambe déliée et d'une cuisse
arrondie, des fesses dont les pommettes étaient légèrement
colorées, des épaules, un cou, une chute de reins charmante
et la fraîcheur d'Hébé. Non, l'Amour ne m'eût rien disputé
s'il eût été de mon sexe. Tels étaient les éloges que Lucette et
mon papa faisaient à l'envi de ma personne. Je nageais dans la
joie et l'ivresse de l'amour-propre. Plus je me croyais bien, plus
ils me trouvaient telle, et plus j'étais enchantée que ce papa si
cher à mon cœur eût une entière jouissance de tout ce que je
possédais. Il m'examinait, il m'admirait ; ses mains, ses lèvres
ardentes se portaient sur toutes les parties de. mon corps.
Nous avions, l'un et l'autre, l'ardeur de deux jeunes amants qui
n'ont rencontré que des obstacles, et qui vont enfin jouir du
prix de leur attente et de leur amour.

Je souhaitais vivement le voir dans l'état où j'étais ; je l'en
pressai avec instance ; il y fut bientôt. Lucette le dégagea de
tous ses vêtements ; il me coucha sur le lit, mes fesses posées
sur le coussin. Je tenais en main le couteau sacré qui devait à
l'instant immoler mon pucelage. Ce vit que je caressais avec
passion, semblable à l'aiguillon de l'abeille, était d'une raideur
à me prouver qu'il percerait rigoureusement la rose qu'il avait
soignée et conservée avec tant d'attention. Mon imagination

brûlait de désir ; mon petit conin tout en feu appétait ce cher vit, que je mis aussitôt dans la route. Nous nous tenions embrassés, serrés, collés l'un sur l'autre ; nos bouches, nos langues se dévoraient. Je m'apercevais qu'il me ménageait ; mais passant mes jambes sur ses fesses et le pressant bien fort, je donnai un coup de cul qui le fit enfoncer jusqu'où il pouvait aller, La douleur qu'il sentit et le cri qui m'échappa furent ceux de sa victoire. Lucette, passant alors sa main entre nous, me branlait, tandis que, de l'autre, elle chatouillait le trou de mon cul. La douleur, le plaisir mélangés, le foutre et le sang qui coulaient, me firent ressentir une sublimité de plaisir et de volupté inexprimables. J'étouffais, je mourais ; mes bras, mes jambes, ma tête tombèrent de toutes parts ; je n'étais plus à force d'être. Je me délectais dans ces sensations excessives, auxquelles on peut à peine suffire. Quel état délicieux ! Bientôt, j'en fus retirée par de nouvelles caresses ; il me baisait, me suçait, me maniait les tétons, les fesses, la motte ; il relevait mes jambes en l'air pour avoir le plaisir d'examiner, sous un autre point de vue, mon cul, mon con, et le ravage qu'il y avait fait. Son vit que je tenais, ses couilles que Lucette caressait, reprirent bientôt leur fermeté. Il me le remit. Le passage facilité ne nous fit plus sentir, dès qu'il fut entré, que des ravissements. Lucette, toujours complaisante, renouvela ses chatouillements, et je retombai dans l'apathie voluptueuse que je venais d'éprouver.

Mon papa, fier de sa victoire et charmé du sacrifice que mon cœur lui avait fait, prit le coussin qui était sous moi, teint du sang qu'il avait fait couler, et le serra avec le soin et l'empressement de l'amant le plus tendre, comme un trophée de sa conquête. Il revint bientôt à nous :

— Ma Laure, chère et aimable fille, Lucette a multiplié tes plaisirs : n'est-il pas juste de les lui faire partager ?

Je me jetai à son cou, je l'attirai sur le lit ; il la prit dans ses bras et la mit à côté de moi ; je la troussai d'abord et je la trouvai toute mouillée.

— Que tu es émue, ma chère bonne, je veux te rendre une partie du plaisir que j'ai eu.

Je pris la main de mon papa, je lui introduisis un de ses doigts qu'il faisait entrer et reparaître, et je la branlai. Elle ne tarda pas à tomber dans l'extase d'où je venais de sortir.

Ah ! chère Eugénie, que ce jour eut de charmes pour moi ! Je te l'avoue, tendre amie, il a été le plus beau de ma vie et le premier où j'ai connu les délices de la volupté dans leur plus haut degré. Je le rappelle encore à ma mémoire avec un saisissement de satisfaction que je ne peux te rendre ; mais, en même temps, avec un cruel serrement de cœur. Faut-il que ce souvenir, qui me cause tant de plaisir et de joie, fasse naître en même temps les regrets les plus amers ? Écartons pour un moment cette image si triste pour mon âme.

Il régnait dans ce cabinet une douce chaleur ; je me sentais si bien dans l'état où j'étais que je ne voulus rien mettre sur moi ; j'étais d'une gaieté folle : je prétendis souper parée de mes seuls appas. Lucette, attentive, avait eu le soin d'écarter tous les domestiques et de jeter un voile épais sur la malignité de leurs regards ; elle eut la complaisance d'apporter seule et de préparer tout ce qu'il fallait, et ferma les portes avec soin. Je ne fus pas contente que je ne l'eusse mise dans la situation où nous étions : je fis voler loin d'elle tout ce qui la couvrait ; elle était charmante à mes yeux. Nous nous mîmes à table. Mon papa était, entre nous deux, l'objet de nos caresses, qu'il nous rendait tour à tour. Les glaces répétaient cette charmante scène ; nos grâces et nos attitudes étaient variées par les saillies qu'inspirait un vin délicat ; son coloris brillant y répandait même des nuances différentes : nous ressentîmes bientôt les effets de sa vertu et de nos attouchements. Nos cons étaient enflammés ; son vit avait repris toute sa raideur et sa dureté. Dans un état aussi animé, aussi pressant, la table nous déplut ; nous courûmes, nous volâmes sur le lit. Dans ce jour, qui m'était uniquement consacré, je fus encore plongée dans les délices d'une volupté suprême ; il se coucha sur ma gauche, ses cuisses passées sous les miennes qui étaient relevées ; son vit se présentait fièrement à l'entrée. Lucette se mit sur moi, ma tête entre ses genoux ; son joli con était sous mes yeux ; je l'entrouvrais, je le chatouillais, je caressais ses fesses qui étaient en l'air ; son ventre rasait mes tétons ; ses cuisses étaient entre mes bras ; tout excitait, tout animait la flamme du désir. Elle écarta les lèvres de mon petit conin, qui était d'un rouge vif ; je l'engageai d'y mettre l'éponge pour que mon papa jouît de moi sans inquiétude et pût décharger dedans. Il était sensible et douloureux : dès qu'on y touchait, je souffrais ; cependant, malgré cette sensation douloureuse, je l'endurai dans l'espérance que j'en aurais bientôt de plus agréable. Lucette conduisit le vit de mon papa dans le chemin dont elle avait écarté tous les dangers, et qui n'était plus semé que de fleurs : il s'y précipita ; il enfonça ; elle me branlait en même temps, et je lui rendais un pareil service, tandis qu'il faisait avec son doigt, dans le con de ma bonne, le même mouvement que son vit faisait dans le mien. Ces variétés, ces attitudes, cette multiplicité d'objets et de sensations dans les approches du plaisir en augmentaient infiniment les délices. Nous le sentîmes venir à nous ; mais prêts à nous échapper comme l'éclair étincelant fuit à nos regards, nous en savourâmes au moins toute l'étendue dans un délectable anéantissement, dont la douceur et les charmes ne peuvent qu'être sentis. Nous commencions à être fatigués. Lucette se releva, fut mettre ordre à tout et, dès qu'elle fut de retour, nous nous mîmes dans un lit, entre les bras les uns des autres, où nous passâmes une huit préférable pour nous au jour le plus pompeux.

Hélas ! chère Eugénie, pourquoi l'imagination va-t-elle toujours au-delà de la réalité qui suffit seule à notre bonheur ? Je croyais que tous les jours allaient le disputer à celui qui m'avait procuré tant de plaisirs ; mais mon père, plus soigneux, plus délicat peut-être, et veillant sans interruption à ma santé, m'engagea le lendemain à reprendre ce fatal caleçon :

« Ma chère Laurette, je ne te le cache pas, je me défie de toi, de nous tous ; ton tempérament n'est pas encore assez formé pour que je t'abandonne à toi-même, et tu m'es trop chère pour que je ne cherche pas à te ménager avec toute l'attention qui peut dépendre de moi. Cependant, tu jouiras de nos caresses, tu nous en feras ; sans gêne avec toi, tu partageras en quelque façon nos plaisirs ; et de temps en temps nous te réserverons une nuit pareille, que tu trouveras d'autant plus agréable que tu l'attendras avec impatience. Enfin si tu veux me plaire, tu te prêteras à ce que je désire de toi et tu y consentiras avec complaisance. »

C'était un moyen assuré de ne pas me faire regarder cet emprisonnement comme insupportable. Ne crois pas non plus, ma chère, que ce soit par un trait de jalousie : tu verras bientôt le contraire. Je te laisse donc faire. Ah ! chère Eugénie, que je m'en suis bien trouvée.

Il y avait déjà près de dix-neuf mois que j'avais passé l'heureuse soirée dont je viens de te retracer le tableau, lorsque j'eus le chagrin de voir l'éloignement de Lucette.

Son père, qui demeurait en province, la rappela près de lui : une maladie dangereuse lui fit désirer absolument son retour avant de mourir. Son départ nous causa la peine la plus sensible ; nos larmes sincères furent confondues avec les siennes ; pour moi, je ne pouvais retenir mes sanglots, qui ne furent enfin suspendus que par l'espérance et le désir qu'elle nous témoignait de revenir au plus tôt. Mais, peu de temps après la mort de son père, elle tomba dans une maladie de langueur dont elle eut beaucoup de peine à se rétablir pendant plus de deux ans. Son père lui avait laissé un bien-être qui la fit rechercher dans son canton ; elle ne voulait entendre parler de qui que ce soit ; elle trouvait, suivant ses lettres, une si grande différence entre mon papa et tous ceux qui se présentaient pour elle qu'elle en était révoltée. Enfin, elle ne voulait écouter aucune proposition de mariage et ne soupirait qu'après son retour avec nous. Néanmoins, sollicitée par sa mère et ses autres parents, qui lui représentaient les avantages qu'elle y trouvait et le besoin que sa mère, infirme, avait d'elle, la complaisance arracha son consentement contre son gré, après avoir cependant consulté mon papa en qui elle avait la plus entière confiance. Comme le parti qui s'offrait était effectivement très avantageux, il se crut obligé par ses principes de lui conseiller de l'accepter, ce qu'il fit avec une véritable répugnance, m'ayant assuré plusieurs fois qu'il avait un pressentiment de son malheur, auquel il ne voulait pourtant pas ajouter foi, le regardant comme une faiblesse.

Cependant, elle mourut des suites de sa première couche.

Je regrettais souvent l'éloignement de Lucette, que je regardais perdue pour moi, mais je me consolais dans les bras de ce cher et tendre papa. J'avais enfin totalement quitté cet habillement secret que j'avais si souvent maudit ; mais la langueur de Lucette, de quelque cause qu'elle pût venir, ajoutant du poids aux réflexions qu'il avait déjà faites et aux nouvelles dont il me faisait part, le détermina à me ménager avec plus d'attention qu'il n'en avait mis à son égard, en me faisant sentir combien cela était nécessaire à ma constitution délicate. Je me rendais à ses raisons, avec d'autant plus de facilité que j'avais en lui la foi la plus complète. Comme il s'éloignait peu de moi et que je couchais toujours avec lui, il me veillait et m'arrêtait souvent lorsque je cédais à mes désirs avec trop d'ardeur.

Depuis le départ de Lucette, il avait fait plusieurs changements dans son appartement ; on ne pouvait plus entrer dans ma chambre qu'en passant par la sienne. Il avait répandu dans son domestique un air de sévérité sur ce sujet, qui nous faisait quelquefois rire ensemble. Nos lits étaient appuyés contre le même mur qu'il avait fait percer ; et dans les doubles cloisons qui couvraient le fond de nos alcôves il avait fait pratiquer des panneaux à coulisses, qui s'ouvraient par un ressort que nous seuls connaissions. Il faisait emporter tous les soirs la clef de ma chambre par une femme qu'il avait prise à la place de Lucette, et que nous tenions tout à fait dans le rang de domestique ; mais, quand nous étions dégagés de tout incommode, je passais par les coulisses et je venais, dans ses bras, jouir d'un sommeil doux et tranquille que me procuraient ces nuits heureuses, suivies des jours les plus agréables.

Ce fut dans une de ces charmantes nuits qu'il me fit goûter une nouvelle sorte de plaisir, dont je n'avais pas d'idée ; que non seulement je ne trouvai pas moins délicieux, mais encore qui me parut des plus vifs :

— Ma chère Laure, aimable enfant, tu m'as donné ta première fleur ; mais tu possèdes un autre pucelage que tu ne dois ni ne peux me refuser si je te suis toujours cher.

— Ah ! si tu me l'es ! Qu'ai-je donc en moi, cher papa, dont tu ne puisses disposer à ton gré et qui ne soit pas à toi ? Heureuse quand je puis faire tout ce qui peut contribuer à ta satisfaction, mon bonheur est établi sur elle !

— Fille divine, tu m'enchantes, la nature et l'amour ont pris plaisir à former tes grâces ; partout en toi séjourne la volupté, elle se présente avec mille attraits différents dans toutes les parties de ton corps ; dans une belle femme qu'on adore, et qui paie d'un semblable amour, mains, bouche, aisselles, tétons, cul, tout est con.

— Eh bien ! choisis, tu es le maître et je suis toute à tes désirs.

Il me fit mettre sur le côté gauche, mes fesses tournées vers lui. Et, mouillant le trou de mon cul et la tête de son vit, il l'y fit entrer doucement. La difficulté du passage levée ne nous présenta plus qu'un nouveau chemin semé de plaisirs accumulés ; et, soutenant ma jambe de son genou relevé, il me branlait, en enfonçant de temps en temps le doigt dans mon con. Ce chatouillement réuni de toutes parts avait bien plus d'énergie et d'effet ; quand il reconnut que j'étais au moment de ressentir les derniers transports, il hâta ses mouvements, que je secondais des miens. Je sentis le fond de mon cul inondé d'un foutre brûlant, qui produisit de ma part une décharge abondante. Je goûtais une volupté inexprimable, toutes les parties sensibles y concouraient, mes transports et mes élans en faisaient une démonstration convaincante ; mais je ne les devais qu'à ce vit charmant, pointu, retroussé et peu puissant, porté par un homme que j'adorais.

— Quel séduisant plaisir, chère Laurette ! et toi, belle amie, qu'en dis-tu ? Si j'en juge par celui que tu as montré, tu dois en avoir eu beaucoup !

— Ah ! cher papa, infini, nouveau, inconnu, dont je ne

peux exprimer les délices, et dont les sensations voluptueuses sont multipliées au-delà de tout ce que j'ai éprouvé jusqu'à présent.

— En ce cas, ma chère enfant, je veux une autre fois y répandre plus de charmes encore, en me servant en même temps d'un godemiché, et je réaliserai par ce moyen l'Y grec du Saint-Père.

— Papa, qu'est-ce donc qu'un godemiché ?

— Tu le verras, ma Laure, mais il faut attendre un autre jour.

Le lendemain je ne lui parlai que de cela ; je voulais le voir absolument ; je le pressai tant qu'il fallut enfin qu'il me le montrât. J'en fus surprise ; je désirais qu'il m'en fît faire l'essai le soir même, mais il me remit au surlendemain. Je veux, ma chère, faire avec toi, comme papa me fit alors ; je ne t'en ferai la description que dans une autre scène où nous le mîmes en usage. Je t'en ai déjà parlé de vive voix, et je regrettais de ne pas l'avoir dans nos caresses où j'aurais avec tant de plaisir joué le rôle d'un amant tendre avec toi ; mais je ne l'oublierai sûrement pas quand j'irai retrouver ma consolation dans tes bras.

Malgré la distance qu'il mettait dans les plaisirs qu'il me procurait, il n'y avait aucune sorte de variété qu'il n'y répandît pour y ajouter de nouveaux attraits ; il m'était d'autant plus facile de les y trouver que je l'aimais avec toute la passion dont j'étais capable. Quelquefois il se mettait sur moi, sa tête entre mes cuisses et la mienne entre ses genoux ; il couvrait de sa bouche ouverte et brûlante toutes les lèvres de mon con ; il les suçait, il enfonçait sa langue entre deux, du bout il branlait mon clitoris, tandis qu'avec son doigt ou le godemiché il animait, il inondait l'intérieur. Je suçais moi-même la tête de son vit ; je la pressais de mes lèvres ; je la chatouillais de ma langue ; je l'enfonçais tout entier, je l'aurais avalé. Je caressais ses couilles, son ventre, ses cuisses et ses fesses. Tout est plaisir, charmes, délices, chère amie, quand on s'aime aussi tendrement et avec autant de passion.

Telle était la vie délicieuse et enchantée dont je jouissais depuis le départ de ma chère bonne. Déjà huit ou neuf mois s'étaient écoulés, qui m'avaient paru fuir bien rapidement.

Le souvenir et l'état de Lucette étaient les seuls nuages qui se montraient dans les beaux jours que je passais alors ; variés par mille plaisirs, suivis de nuits qui m'intéressaient encore davantage, je faisais consister toute ma satisfaction et ma félicité à les voir disparaître pour employer tous les moments qu'ils me laissaient entre les bras de ce tendre et aimable papa, que j'accablais de mes baisers et de mes caresses. Il me chérissait uniquement, mon âme était unie à la sienne, je l'aimais à un degré que je ne puis te peindre.

Mais, chère Eugénie, que vas-tu penser de ton amie sur une confession que je ne t'ai pas encore faite ? Quelle scène nouvelle tu vas voir paraître, et quel fondement peut-on faire sur soi-même ? À quel degré d'extravagance l'imagination exaltée n'entraîne-t-elle pas ? Qui peut donc répondre de ses caprices et de son tempérament ? Si le cœur est toujours le même, s'il est plein des mêmes sentiments, faut-il que des désirs violents, souvent pour un vain fantôme qu'on se crée, nous poussent au-delà du but où nous devrions nous arrêter et nous mènent bien plus loin que nous ne devrions aller ? J'en suis un exemple frappant.

Dois-je te faire cet aveu ? Oui, ne cachons rien à l'amie de mon cœur ; je rougis moins de te le dire que d'en avoir eu la folie. Une circonstance va te la développer tout entière, et te fera voir en même temps la bonté, la douceur et le vif intérêt de mon père pour moi, la justesse de son esprit, la force de son âme, de son attachement et de sa complaisance. Elle me fit connaître plus que jamais à quel point il méritait tout mon cœur et mon amour ; aussi son image le remplira-t-elle toujours, et ne s'en effacera qu'avec ma vie.

Dans la même maison que nous occupions végétait une vieille dévote, veuve et âgée, qui ne croyait son temps bien employé qu'en passant la plus grande partie du jour à courir les églises. Elle avait trois enfants. L'aîné, débauché dans toute l'étendue de l'expression, ne fréquentait que la plus mauvaise compagnie ; à peine le connaissions-nous de vue. Jouissant du bien qui lui revenait de son père, il le dissipait avec profusion. Son frère, de beaucoup plus jeune, avait quelques mois au-dessus de seize ans lorsqu'il quitta le collège pour revenir chez sa mère. C'était un garçon beau comme on peint l'Amour, d'une humeur égale et d'un caractère fort doux. Ils avaient une sœur fort gentille, qui atteignait ses quinze ans et demi.

Représente-toi, chère Eugénie, une petite brune claire, teint animé, œil vif, nez troussé, bouche agréable et vermeille, taille découplée, toute mignonne, d'une vivacité pétulante, folle autant qu'il se puisse, et outre cela très amoureuse ; mais fine, et en même temps discrète sur ce qui pouvait avoir trait à ses plaisirs. Tous les jours elle plaisantait sur les sermons que lui faisait de temps en temps sa bonne dévote de mère. J'avais lié connaissance avec elle plus particulièrement huit ou neuf mois après le départ de Lucette et, par cette occasion, j'avais fait celle de son jeune frère lorsqu'il revint avec elle. Souvent ils venaient me voir et il ne se passait guère de jours que nous ne fussions ensemble. Sa mère en était d'autant plus satisfaite qu'elle me donnait journellement pour exemple à sa fille. Il est vrai que je tenais de la nature et de l'éducation que je recevais de mon papa un air plus réservé. Ne penses-tu pas, Eugénie, avec moi que si, dans nos usages, l'amour dégrade nos réputations, l'imprudence dans le choix et dans la conduite y contribue totalement, et surtout ces airs de coquetterie, ces façons libres et qui ne tiennent à rien, quoique souvent elles ne vont pas plus loin ; tandis qu'une hypocrite, une dévote, une femme attentive aux dehors les sauvent en jouissant sous le voile du mystère ; mais elles conservent leur réputation sous ces apparences ; elles font bien, et mieux encore si elles ont la prudence de mettre un frein à leur langue sur la conduite des autres ; modération qui détourne les curieux ou les intéressés de l'examen recherché qu'ils pourraient faire. Encore une fois, ce n'est pas dans le fait, c'est dans les manières et par un mauvais choix qu'on se perd.

Je m'aperçus bientôt que mon père les étudiait avec attention ; il jugea Vernol et sa sœur. Il me dit que Rose en savait plus que sa nourrice ne lui en avait enseigné, et que si, sur le plaisir et la jouissance, elle était plus ignorante que moi, ce dont il doutait, elle avait grande disposition à en apprendre davantage, et que si j'étais curieuse de juger de ses connaissances, je pouvais l'éprouver. Les différents badinages où je l'engageai depuis me mirent à même d'en porter le même jugement. Mais il s'expliqua peu sur Vernol.

Mes talents s'étaient perfectionnés. Musicienne, pinçant la harpe avec délicatesse, chantant avec goût, déclamant avec intelligence, j'avais formé une société où j'admis Rose et Vernol. Bientôt il eut par là le moyen de me faire apercevoir la passion qu'il avait prise pour moi. Il me cherchait, il me suivait sans cesse, les prétextes ne lui manquaient pas. Ses rôles étaient animés, remplis d'attention, de soins, de complaisance : tout me disait ce qu'il n'osait prononcer.

Je m'en aperçus, et, lorsque j'en fus persuadée, j'en fis part à mon papa avec ce ton et ce sourire qui annoncent la plaisanterie :

« Laure, je l'ai soupçonné dès les premiers instants ; ses yeux, son teint deviennent plus animés quand il est près de toi ; son air quelquefois embarrassé et toutes ses démarches le décèlent. Eh bien ! ma fille, avec cette connaissance de son amour pour toi, que ressens-tu pour lui ? »

Je ne m'étais pas encore consultée, ma chère Eugénie,

je n'avais pas fouillé dans les replis de mon âme et, croyant n'avoir pour Vernol que ce sentiment qu'on nomme amitié, je lui en parlai sur ce ton. Mais un service de mon père, en me demandant si c'était là tout, suffit pour me faire rentrer en moi, et je reconnus bientôt, en y réfléchissant, que la présence de Vernol m'animait, et que lorsqu'il n'était pas avec sa sœur il me manquait quelque chose ; car, sans y faire attention, je demandais à Rose avec une sorte d'empressement ce que son frère était devenu. Je ne pouvais concevoir comment je m'étais éprise d'un tel caprice avec lequel mon cœur était si peu d'accord. Sa figure, il est vrai, me charmait ; sa douceur et ses soins en augmentaient les attraits.

À l'air de mon père, il était aisé de juger qu'il avait découvert en moi ce que je n'osais presque encore m'avouer à moi-même ; il fut quelque temps sans m'en parler. Je l'aimais toujours autant, et plus, s'il était possible, que je n'avais jamais fait ; mon empressement et mon goût pour lui ne diminuaient point ; enfant de la nature et de la vérité, je n'y mettais ni politique ni dissimulation. On prétend que nous sommes naturellement fausses ; je crois que cette fausseté est d'acquisition, et selon l'éducation reçue. Enfin, je me sentais capable de tout sacrifier pour ce cher et tendre père, et je pris une résolution intérieure d'éviter les poursuites et les soins de ce beau garçon. Je n'avais pu concevoir l'accord des sensations et de la fantaisie que j'éprouvais pour Vernol avec les sentiments de mon cœur pour ce tendre papa ; mais la disposition où je me trouvais me fit connaître par la suite la différence des mouvements qui m'agitaient. Tu concevras difficilement, chère Eugénie, cette différence ; il faut l'avoir sentie pour la connaître : bien des hommes pourraient t'apprendre à faire la distinction qui s'y trouve. Mon père voulut la juger en moi, et s'en assura en me mettant à une épreuve à laquelle je ne m'attendais nullement :

— Laure, quelques-uns de vos amis actuels me font de la peine ; je désirerais que vous ne voyiez plus Rose ni son frère.

Je ne balançai pas un instant, et, me jetant à son cou, le serrant, le pressant contre mon sein :

— J'y consens bien volontiers, cher papa, je te conjure même de quitter cette demeure, ou que tu me mènes à la campagne : je ne serai plus dans le cas de me trouver avec eux. Partons dès demain, je serai bientôt prête.

En effet, je courus préparer mon trousseau. J'y étais occupée lorsqu'il me rappela. Il me prit sur ses genoux et me dit en m'embrassant :

— Chère Laurette, je suis content de ta tendresse et de ton affection ; tes yeux secs me disent que c'est sans peine que tu veux me faire un sacrifice. Avoue-le-moi, je t'y engage ; ouvre-moi ton cœur car, sans doute, ce n'est pas la crainte qui est le principe de ta résolution ; tu n'as pas lieu d'en avoir avec moi.

Toujours irai, toujours sincère, je ne cherchai point à déguiser :

— Non, très assurément, cher papa, depuis longtemps la crainte vis-à-vis de toi n'est plus entrée dans mon âme ; le sentiment seul me guide. Je conviens que Vernol a fait naître dans mon imagination une illusion, un caprice dont je ne puis me rendre compte ; mais mon cœur, qui est plein de toi, n'est pas un moment indécis entre vous deux ; je ne veux plus le voir.

— Non, ma chère enfant, non, j'ai désiré connaître la nature de tes sentiments pour moi, j'en suis satisfait. Vernol excite en toi des sensations que ton imagination augmente : tu en jouiras ; tu connaîtras aussi toute ma tendresse pour toi ; tu sentiras que tu ne peux cesser de m'aimer, et c'est tout ce que je désire. Va, je ne suis jaloux que de ton cœur dont la possession m'est si chère.

Ce trait me confondit ; une lumière vint dissiper le trouble de cette imagination fascinée, je tombai à ses genoux, toute en larmes, et mon sein palpitait ; je baisais ses mains que j'arrosais de mes pleurs ; mes sanglots me laissaient à peine la liberté de m'exprimer :

— Tendre papa, je t'aime, je t'adore, je ne chéris que toi ; mon âme, mon cœur, tout est plein de toi. Il fut touché de ma douleur ; il me releva et, me pressant à son tour en me couvrant de baisers :

— Console-toi, trop aimable et chère enfant, crois-tu que je ne connaisse pas la nature et ses lois invincibles ? Va, je ne suis point injuste. C'est par expérience, par comparaison et par la complaisance la plus étendue de ma part, que produisent seules l'affection et l'amitié la plus tendre, que je désire être aimé de toi : il est temps que tu apprennes à juger des différences. Je t'ai promis que tu jouirais de Vernol : ferme dans mes principes, constant dans mes idées je tiendrai ma parole ; d'ailleurs, il est aimable, bien fait, beau garçon, je lui dois cette justice ; et si ce n'était pas pour lui que tu eusses senti ce désir, tu pourrais l'avoir éprouvé pour quelqu'un d'autre qui vaudrait encore moins ; ainsi, j'ai pris mon parti.

Depuis ce jour je me trouvai bien moins affectée pour Vernol ; et si je me suis prêtée, ma chère, à tout ce que tu vas voir, ce fut par une réunion de condescendance pour ce cher papa, de curiosité et de tempérament excité, premier principe de mon désir fantastique, que je me laissai aller. Je passai la nuit entre ses bras. Le matin, au milieu des baisers que je lui donnais à mon réveil, il me dit :

« Laurette, il faut que tu voies aujourd'hui la mère de Rose : engage-la de laisser venir sa fille passer la journée à la campagne avec toi ; en même temps préviens-la qu'elle ne soit point inquiète si elle ne revenait pas le soir, que tu pourrais, peut-être, ne la ramener que demain. Nous prétexterons que la voiture nous a manqué, et tu la garderas ici jusqu'à demain. Quand tu seras avec elle en liberté, tu pourras juger de sa façon de penser et de tout ce qu'elle fait : elle paraît avoir de la confiance et de l'amitié pour toi ; aussitôt que tu sauras à quoi t'en tenir, tu m'en instruiras. »

Je crus de ce moment qu'il avait formé des desseins sur elle ; il ne m'en fallut pas davantage pour m'empresser, sans autre réflexion, à entrer dans ses idées et à me prêter à tout ce qu'il avait projeté. Je soupçonnais déjà Rose aussi savante que je l'étais, ou à peu près. Tout fut conduit comme il l'avait arrangé. Elle vint ; la porte fut close à tout le monde : nous passâmes la journée seuls dans toutes les folies que nous pûmes imaginer. Je lui faisais cent agaceries ; elle me les rendait avec usure. Je découvrais sa gorge, je faisais baiser ses tétons à mon papa ;

ses fesses, sa motte, son con, essuyèrent mes lutineries ; je la tenais entre mes bras pour qu'il lui en fît autant ; elle riait, folâtrait ; et, quoique à chaque espièglerie nouvelle elle fit des demi-façons, elle se prêtait à tout ; aussi son teint était-il très animé et ses yeux étincelants. Le souper vint, où je ne la ménageai pas ; je lui versais à plein verre ; je soufflais le feu qui la brûlait déjà. Levés de table, nous recommençâmes nos folies ; elle ne fit plus aucune résistance ; je la renversai, le visage sur un canapé ; je troussai ses jupes, et son cul découvert nous présenta une perspective que mon papa, par un dernier coup de pinceau, aurait rendue parfaite : il m'aidait à me venger de toutes les lutineries qu'à son tour elle m'avait fait éprouver. Je voulus juger de l'effet que produisaient ces jeux sur elle ; je la trouvai toute mouillée, et je conjecturai qu'elle avait eu bien du plaisir pendant ce folâtre badinage. Nous passâmes enfin, Rose et moi, dans ma chambre, et nous nous préparâmes à nous mettre au lit. Dès qu'elle me vit en chemise, elle me l'arracha ; je lui rendis le change et je mis la sienne à bas. Elle m'entraîna dans le lit. Elle me baisait, prenait mes tétons, ma motte ; je mis aussitôt le doigt où je voyais bien qu'elle le désirait ; je ne me trompais pas ; elle écarta les cuisses et se prêta à mes mouvements. Je voulus en savoir davantage : je glissai mon doigt dans son con, et la facilité avec laquelle il entra me donna des lumières sur l'usage qu'elle en avait fait. Je désirais apprendre d'elle par quelle aventure elle avait perdu son pucelage. Je me préparais à la questionner lorsque mon père entra dans ma chambre et vint nous embrasser avant de se coucher. D'un seul coup, Rose rejeta la couverture : il ne s'attendait pas à nous voir totalement nues et nos mains placées au centre de la volupté. Elle passa le bras autour de son cou, l'attira, et lui fit baiser mes tétons. Je ne fus pas en reste ; je lui fis prendre et baiser les siens, je promenai sa main sur tout son corps, et je l'arrêtai sur sa motte. Il s'animait, mais il nous quitta brusquement en nous souhaitant beaucoup de plaisir.

Déjà la pendule marquait dix heures lorsque, le lendemain, il rentra dans ma chambre ; il nous éveilla par ses caresses et ses baisers réitérés, en nous demandant si nous avions passé une nuit agréable.

— Nous avons veillé, cher papa, longtemps après que tu nous as quittées ; tu as bien vu dans quelle humeur nous étions.

Rose, que nos jeux avaient apaisée et le sommeil rafraîchie, rougit et mit aussitôt sa main sur ma bouche. Je la détournai :

— Non, Rose. Non, tu ne me retiendras jamais de raconter à mon papa tout ce que nous avons fait et tout ce que tu m'as dit : je ne lui cache rien, ma confiance est entière pour lui, et la tienne ne doit pas être moindre.

Alors passant ses bras et ses jambes autour de moi, elle me laissa continuer :

— Quand tu nous eus abandonnées, Rose, déjà vivement émue, vint baiser ma bouche, sucer mon sein ; elle m'attira sur elle, nous entrelaçâmes nos cuisses, nos cons s'y frottaient ; mes tétons étaient appuyés sur les siens, mon ventre sur son ventre ; elle me demanda ma langue, et d'une main caressant mes fesses, de l'autre elle chatouillait mon clitoris et m'invitait, par le jeu de son doigt, à l'imiter ; je mis le mien où elle l'attendait avec impatience et bientôt nous ressentîmes les délices de ces amusements. Mais elle ne voulut pas que mon doigt la quittât sans les avoir goûtées quatre fois avec des transports incroyables.

Dans le temps même que je rendais compte de nos ébats, Rose, réchauffée par ce tableau, avait remis sa main entre mes cuisses et répétait ce que je racontais. Je conçus aussitôt ce qu'elle désirait : nous étions restées nues ; je la découvris à mon tour, je pris la main de mon papa qui s'empara de tout ce qu'elle avait. Il n'avait sur lui que sa robe, qui s'était entrouverte par ses mouvements : j'aperçus par une avance distincte et par le pavillon que faisait sa chemise de l'effet que ces caresses produisaient sur lui.

Je le fis remarquer à Rose, et je lui dis de lui ôter cette robe et de le faire mettre près de nous. Elle se leva sans balancer, se jeta à son cou, le dépouilla dans l'instant et, l'enveloppant de ses bras, elle l'attira dans le lit. Rose, retombée sur le dos, écartait les cuisses ; j'élevai une de ses jambes sur lui, et il passa l'autre entre les siennes ; par cette attitude, son vit se trouvait naturellement vis-à-vis de son con ; je le conduisis aloi-même dans la route : elle courut au-devant du charme qui l'entraînait et, par un coup de cul, elle hâta l'entrée du temple au dieu qu'elle adorait.

Je la branlais, elle précipitait la marche par les mouvements qu'elle y ajoutait, et ses transports emportés, dont elle seule me donnait le modèle, nous firent connaître le plaisir excessif qu'elle ressentait. Mon père, qui éprouvait avec quelle âpreté elle suçait son vit, n'y tenait plus ; il se hâta de se retirer et j'achevai de faire, avec ma main, couler la libation qu'il craignait de verser dans le con de Rose, qui, pendant le temps qu'il y fut, éprouva cinq fois, de son aveu, les délices de la décharge. Son ventre fut inondé du foutre qu'il répandit sur elle et qu'il lança jusque sur ses tétons. Tandis que je rendais ces divers offices, elle s'était emparée de mon con ; elle le chatouillait ; ce petit jeu, joint à l'émotion que me causait le plaisir que je leur voyais ressentir et aux caresses que je leur faisais, me mettait dans une agitation violente. À mon tour, je désirais d'apaiser le feu qui me dévorait ; elle s'en aperçut et, passant sur ma gauche, elle prit la main de mon papa dont elle m'introduisit un des doigts qu'il agitait et, par un jeu pareil à celui que j'avais employé pour elle, Rose acheva de me faire partager les doux plaisirs que nous lui avions procurés, dont elle ressentit encore les effets pendant le service qu'elle me rendait.

Quand nous fûmes revenus dans un état plus tranquille :

— Écoute, cher papa, tu es peut-être étonné de l'habileté de Rose ; je n'en étais pas moins surprise ; je l'ai engagée de m'apprendre d'où venaient ces connaissances. Je vais te répéter tout son récit. Mais non, c'est de sa bouche que tu dois l'entendre, et je désire qu'elle s'y prête. Ce que tu viens de faire avec elle la met à même de ne te rien cacher et de te confier tout ce qu'elle m'a dit.

Les baisers, les caresses furent employés pour l'y déterminer.

Elle se rendit aisément :

— Eh bien ! j'y consens, et, puisque j'en ai fait part à Laurette, je ne risque plus rien. Les plaisirs dont nous venons de jouir ensemble me donnent lieu d'être persuadée que vous le sauriez d'elle ; ma confiance s'établit sur celle que vous me montrez et se rapporte à mes désirs. Il vaut donc mieux que je vous le répète moi-même.

4
Histoire de Rose

J'avais dix ans quand ma mère m'envoya chez une sœur qu'elle avait en province, où je passais plus de six mois. Elle n'avait qu'une fille qui avait au moins six ans au-dessus de moi. Jusqu'à ce moment, toujours retirée chez ma mère dont la dévotion ne permettait à personne d'approcher de nous, mes frères au collège, j'étais toujours seule, ou à l'église avec ma mère ; je ne me connaissais pas encore, mais je m'ennuyais beaucoup. J'aimais bien mieux être aux églises que rester au logis car, quoiqu'elle se mît très souvent dans les coins les plus retirés, j'apercevais au moins, à la dérobée, quelque figure humaine qui attachait mes regards. Il y avait longtemps que ma mère promettait à ma tante, qui me demandait, de m'envoyer chez elle : je le désirais avec d'autant plus d'impatience que je savais qu'elle ne ressemblait pas à ma mère. Une occasion survint qui l'y détermina. Mon frère aîné était menacé de la petite vérole, elle me fit partir au plus tôt. Ma tante et ma cousine me reçurent avec mille démonstrations d'amitié. Dans les premières caresses, Isabelle demanda que je couchasse avec elle. Je ne sais si elle ne s'en repentit pas bientôt par la contrainte que cet arrangement lui donna dans les premiers temps. Cependant, le soir avant de nous endormir, elle m'embrassait, et le matin je lui rendais ses caresses.

Les quinze premiers jours passés, sa contrainte me parut diminuer, et le soir elle retroussait nos chemises pour appuyer ses fesses contre les miennes et me donner le baiser des quatre sœurs.

Une nuit, entre autres, que je ne pus pas m'endormir aussitôt qu'à l'ordinaire et qu'elle me croyait très enfoncée dans le sommeil, je sentis qu'elle remuait le bras avec un petit mouvement ; sa main gauche était sur le haut de ma cuisse ; je l'entendis qui haletait et poussait une respiration entrecoupée ; elle remuait doucement le derrière ; enfin, elle fit un grand soupir, se tint tranquille et s'endormit.

Surprise de tout cela et n'y pouvant rien comprendre, je craignais qu'il ne lui fût arrivé quelque chose d'extraordinaire ; cependant, comme je la trouvai fraîche et gaie le lendemain, mon inquiétude cessa. Depuis ce jour, je m'aperçus qu'elle répétait tous les soirs ce même manège, auquel je ne concevais rien pour lors ; mais je ne tardai pas à en être instruite.

Ma tante avait une femme de chambre âgée tout au plus d'une vingtaine d'années : Isabelle était souvent enfermée dans sa chambre avec elle. Justine brodait parfaitement en tout genre, et ma cousine allait recevoir ses leçons ; elle ne voulait point, disait-elle, que je l'interrompisse, parce que je l'empêcherais de faire les progrès qu'elle désirait. Je donnai d'abord dans ce panneau qui, cependant n'en était pas tout à fait un puisque, en effet, elle apprenait à manier parfaitement l'aiguille. Enfin, piquée de n'être point admise en trio et remarquant entre elles une certaine intelligence, ma curiosité fut vivement excitée. Curiosité de fille est un démon qui la tourmente, il faut qu'elle lui cède, qu'elle y succombe.

Un jour que j'étais restée seule, ma tante étant sortie avec Isabelle et Justine, ayant profité de ce moment pour en faire autant, je le mis en usage pour aller dans sa chambre examiner si je ne trouverais pas quelque moyen, ou quelque ouverture de laquelle je pourrais découvrir ce qu'on pouvait y faire. J'aperçus, au coin du lit où couchait Justine, une porte dans la ruelle, que je parvins à ouvrir à force de la secouer, et qui conduisait dans une chambre sombre toute remplie de vieux meubles presque jusqu'au plancher. Il n'y avait de libre qu'un passage qui conduisait à une autre porte qui donnait sur un escalier dérobé, duquel on descendait dans une petite cour d'où l'on sortait dans une ruelle déserte et écartée.

Ma tante croyait ce quartier bien fermé ; mais si elle en avait les clefs, Justine avait trouvé le moyen d'en avoir le passage libre. Dans cette espèce de garde-meubles il y avait à quelque hauteur, à l'égalité du pied du lit, une ouverture qui avait été ménagée dans la muraille pour y mettre une croisée qui aurait donné du jour dans cette chambre, étant vis-à-vis les fenêtres de celle de Justine. Mais l'usage qu'on faisait de cette pièce rendant cette précaution inutile, cette ouverture était couverte par la tapisserie qui entourait la chambre de Justine. Je m'aperçus de cette ouverture ; je grimpai sur les meubles pour chercher s'il n'y aurait pas quelque trou ; n'en trouvant pas d'assez grand, je pris mes ciseaux et je fis une ouverture suffisante pour découvrir partout dans la chambre, et particulièrement sur le lit, auquel je ne pensais guère alors. Charmée d'avoir trouvé ces moyens, et dans le dessein d'en profiter, je me retirai au plus vite en refermant la porte. J'avais remarqué que lorsque Isabelle allait dans la chambre de Justine, c'était presque aussitôt après le dîner.

Un jour, ma tante devait aller passer l'après-midi chez une de ses amies, où quelque affaire devait la retenir et où elle ne comptait nous mener ni l'une ni l'autre. Ma cousine me dit en particulier qu'elle devait apprendre ce jour-là quelques points nouveaux, et que je pouvais aller chez des voisines ou m'occuper de mon côté afin qu'elle ne fût point troublée. Il ne m'en fallut pas davantage. Dès qu'on fut hors de table, je fis semblant de sortir de la maison et d'aller dans le voisinage. Mais je remontai doucement dans la chambre de Justine, qui habillait ma tante, et je les prévins. Je fus me renfermer dans la chambre noire, cachée parmi les meubles, l'œil attaché sur l'ouverture que j'avais agrandie. Je ne fus pas longtemps sans voir arriver ma cousine qui prit à la main un ouvrage de broderie ; je crus alors que j'allais passer une après-midi bien ennuyeuse ; je me repentis de ma curiosité, que je maudissais de tout mon cœur. Justine y vint peu de temps après avec ma tante, qui demanda où j'étais. Le cœur me palpitait. Elles lui répondirent qu'apparemment j'étais allée chez de petites amies de mon âge où je me rendais quelquefois ; elle ne fit pas d'autres informations et, voyant sa fille occupée, elle s'en fut, et je les vis toutes deux examiner par la fenêtre si ma tante sortait. Aussitôt qu'elle fut dehors, ce que j'entendis à leurs discours, Justine ferma les verrous ; elle vint ouvrir la porte de la chambre où j'étais et fut à celle de l'escalier dérobé. La frayeur d'être découverte me saisit ; j'étais accroupie pour me cacher parmi les meubles ; elle ne s'aperçut de rien et retourna dans sa chambre. Dès qu'elle y fut rentrée, Isabelle mit de côté son ouvrage et s'avança près d'un miroir pour raccommoder sa coiffure et rajuster son mouchoir de cou, que Justine lui arracha, et qui lui prenait les tétons, lui faisait compliment sur leur rondeur et sur leur fermeté ; puis, découvrant les siens, elle en faisait la comparaison entre eux. Au milieu de leurs amusements, j'entendis, sur l'escalier de la petite cour, quelqu'un qui montait et qui, trouvant libre l'entrée de la première porte qu'apparemment Justine avait été ouvrir, vint gratter à celle de la chambre. Je ne pus le voir passer, étant enfoncée et cachée pour n'être pas vue moi-même. Justine le fit entrer et fut refermer les portes avec soin. Quand il fut dans la chambre, je le reconnus aussitôt : c'était un grand jeune homme, un peu parent de la maison, qui venait quelquefois voir ma tante. Isabelle avait la gorge découverte.

Courbelon fut sans façon la lui baiser et y fourra sa main tandis que l'autre fut se perdre sous sa jupe. Justine, à son tour, fut traitée de même. Le temps ne me paraissait plus long. Il prit Isabelle dans ses bras, la jeta sur le pied du lit et la troussa tout à découvert ; je vis alors son ventre, ses cuisses et sa fente ; elle était peu garnie de poil, mais il était fort noir ; il la baisait et remuait le doigt de la main droite au haut de cette fente, tandis que le doigt de la main gauche y était tout enfoncé. Justine, déboutonnant sa culotte, en tira une machine fort longue, raide et très grosse. Ma cousine la prit ; il voulait la mettre à la place de son doigt, mais j'entendis Justine lui dire :

« Non, Courbelon, je ne le souffrirai pas ; si je deviens grosse, je saurai m'en tirer ; mais si jamais Isabelle était dans ce cas-là, où pourrions-nous toutes deux nous cacher ? Caressez-la, donnez-lui du plaisir ; mais ne lui mettez pas. »

Tous ces discours, que j'entendais parfaitement, étaient autant d'énigmes dont je cherchais le mot. Je vis cependant Courbelon se retirer à contrecœur et, tout en pestant, il continua de caresser Isabelle en la chatouillant comme il avait commencé, tandis que ma cousine tenait à pleine main ce gros instrument que Justine avait mis en liberté.

Quelques moments après qu'il eut recommencé les mouvements de ses doigts, j'entendis et vis faire à Isabelle le même jeu et les mêmes soupirs qu'elle faisait quand nous étions couchées. Je fus alors au fait, et je jugeai qu'elle répétait, seule dans son lit, ce que Courbelon venait de faire. Isabelle se releva bientôt, et Justine, qui était en arrêt comme un chien sur sa proie, se jetant à son tour sur le pied du lit, tenant d'un bras Courbelon par les reins et, de l'autre main, tenant ce pieu qui conservait sa grosseur, l'entraîna sur elle. Elle fut bientôt troussée ; il se coucha sur son ventre et, de ses deux mains, il tenait ses tétons qu'il baisait, et les mouvements de reins et de cul que je lui voyais faire me firent juger qu'il enfonçait ce membre que j'aurais voulu voir entrer. Ma cousine passa sa main par-derrière entre les cuisses de Courbelon, ou pour le caresser, ou pour juger de l'enfoncement. Je les vis alors s'agiter, se remuer avec fureur : bientôt Courbelon, après des transports et des mouvements qui m'étonnaient, se laissa aller, et je le vis retirer cet instrument humble et bien diminué de longueur et de grosseur. Ils se reposèrent quelques moments sur le lit ; mais les baisers et les caresses allaient leur train. Cette première scène, qui m'avait vivement émue, ne tarda pas à être suivie d'une autre qui me plut encore davantage.

Courbelon, impatienté de leurs habillements qui le gênaient, et sachant que ma tante ne reviendrait pas si tôt, les mit bientôt dans l'état où il désirait les voir : en peu d'instants elles furent toutes deux nues. Justine n'était pas d'une figure aussi jolie qu'Isabelle ; mais elle gagnait dans la situation où il les avait mises : son corps était plus blanc, elle était plus grasse et potelée. Il leur imprima plus de cent baisers à l'une et à l'autre ; il prenait leurs culs, leurs tétons, leurs fentes, tout était à sa disposition. Ce que je voyais depuis une demi-heure excitait en moi un feu, une émotion que je n'avais jamais sentis. Leurs caresses recommencèrent avec plus de vivacité. Il les fit mettre toutes deux couchées sur le ventre au pied du lit en leur faisant écarter les cuisses. Je découvrais parfaitement tout ce que Courbelon voyait : il les examinait, baisait leurs fesses, enfonçait un doigt de chaque main entre leurs cuisses. Son instrument était revenu dans le premier état où je l'avais vu ; et comme Justine, le visage appuyé dans ses mains contre la couverture, ne pouvait le voir, il avait commencé de l'introduire à Isabelle quand, tout à coup, Justine en défiance se leva furieuse, et prenant ma cousine par les jambes elle la retira et démonta Courbelon. J'en fus très fâchée car je voyais cet outil prendre sa route à grands pas.

« Non, lui répéta-t-elle, cela ne sera pas ; je vous en ai dit cent fois les raisons, c'est une nécessité de s'y conformer. »

Comme je pouvais entendre aussi facilement que je voyais, aucun des mots, aucune des expressions ne furent perdus :

« Viens, mon cher, dit Justine en le prenant par son instrument, viens mettre ton vit dans mon con, ils se connaissent et tu ne risques rien avec moi. »

Mais elle manqua son coup car, le tenant toujours par là, elle lui donna deux ou trois secousses : aussitôt je vis Courbelon se pencher sur son épaule, tenant un téton, la baiser et répandre une liqueur blanche que je n'avais pas encore vue, avec des convulsions qui marquaient un vif sentiment de plaisir. J'étais dans un état que je ne concevais pas moi-même. Depuis quelque temps je chatouillais le haut de ma petite fente de la même manière que j'avais vu Courbelon le faire à Isabelle et à Justine. J'étais dans cette agréable occupation, qui ne me procurait encore qu'un doux plaisir, quand l'une et l'autre, sans doute vivement animées par les caresses que Courbelon leur avait faites, le mirent dans la même position où elles étaient elles-mêmes : pas le moindre vêtement depuis la tête jusqu'aux genoux. Cette perspective nouvelle m'attacha avec une curiosité délicieuse, et d'autant plus particulièrement que j'avais fort désiré le voir ainsi : il semblait que leurs plaisirs fussent d'accord avec mes souhaits. Chacune le baisait, le caressait, lui prenait le vit qui s'était ramolli, chatouillait ses couilles et ses fesses ; il les baisait à son tour, maniait, suçait leurs tétons, les renversait, les examinait, les branlottait et leur enfonçait le doigt. Je vis enfin cet instrument reprendre toute sa vigueur et les menacer toutes deux ; il ressemblait à un épieu qu'on va plonger dans le corps d'une bête féroce. J'apercevais bien que Courbelon en voulait à ma cousine ; mais Justine le saisissant, ils tombèrent l'un sur l'autre sur le pied du lit ; je crus qu'il lui enfoncerait l'estomac ; rien ne la fit reculer.

« Attends au moins, lui dit-il, que nous augmentions nos plaisirs et que nous en jouissions tous ensemble. »

Il fit mettre Isabelle sur le lit, les genoux et les cuisses écartés, entre lesquels Justine plaça ses jambes à terre et fort ouvertes. Comme rien ne gênait plus mes regards, j'aperçus le vit de Courbelon entrer dans son con, qui, par ses mouvements, paraissait, s'y renfonçait et faisait un écart qui me surprenait. Il me semblait inconcevable qu'un membre aussi gros pût y entrer, à moi qui avais essayé d'introduire mon doigt dans le mien et qui n'avais pas osé l'y pousser à cause de la douleur. Mais cet exemple me fit passer outre, et je l'enfonçai avec tout le courage dont j'avais le modèle devant les yeux ; je m'y déterminai d'autant plus facilement que, tandis que Courbelon avait son vit dans le con de Justine, il avait mis son doigt dans celui d'Isabelle en lui disant qu'elle avait la plus charmante motte et le plus joli conin du monde, et en lui recommandant de branler son clitoris ; ce que fit ma cousine pendant qu'il faisait aller et venir le doigt dans son con, comme son vit allait et venait dans celui de Justine. Fidèle à les imiter en partie, je m'armai de ma fermeté et je poussai dans le mien le doigt de la main gauche que j'y enfonçai tant que je pus, et que j'agitais de la même manière tandis que de la droite je me branlais comme faisait Isabelle. Une sensation délicieuse s'accroissait par degrés ; je ne fus plus surprise que ma cousine se plaisait à la répéter. Je ne tardai pas à les voir tous trois dans les plus vifs transports. Isabelle se laissa aller sur le dos, donnant de temps en temps des coups de cul. Courbelon, témoin de son plaisir, lui criait :

« Ah ! ma chère, tu décharges ! »

Il achevait à peine ces mots qu'il tomba lui-même presque sans mouvement sur Justine en faisant de grands soupirs et prononçant avec énergie des foutre et des sacre qui peignaient ses sensations. Justine elle-même, après des élancements vifs et réitérés et des serrements de cul précipités, resta comme anéantie, la tête et les bras penchés, en faisant chorus avec Courbelon.

Ces témoignages d'un plaisir si violent m'animèrent à un tel point et portèrent le mien à un si prodigieux degré qu'à mon tour je me laissai tomber sur les meubles en ressentant un plaisir incroyable. Quel excès de délices quand on éprouve pour la première fois une volupté si grande, qu'on n'a jamais connue et dont on n'a pas d'idée !

On n'est plus rien, on est tout à cette suprême félicité, on ne sent qu'elle.

Le temps que j'avais employé à la savourer leur en avait assez donné pour se mettre en train de se rhabiller. Dès qu'ils le furent, Courbelon, après les avoir embrassées, reprit la route par laquelle il était venu, et quelques instants après Isabelle et Justine sortirent de la chambre. J'attendis encore un peu ; je parvins enfin à me dégager, et, prenant le même chemin que Courbelon, je revins au logis dans l'appartement de ma tante, qui rentra peu de temps après avec ma cousine qui était allée la rejoindre.

Depuis ce moment, je ne pensais, je ne rêvais plus qu'à ce que j'avais vu ; toutes leurs paroles étaient parvenues à mes oreilles ; aucune de leurs actions ne m'avait échappé ; j'y réfléchissais sans cesse. Le même soir, quand je fus au lit avec Isabelle, je fis semblant de me livrer au sommeil ; elle ne tarda pas à tomber dans un profond assoupissement ; j'en fis bientôt autant ; mais le lendemain il n'en fut pas de même. Dès que nous fûmes couchées, je fis comme la veille ; ma cousine me croyant endormie, je sentis qu'elle recommençait son petit manège. J'étais au fait, je me retournai et, passant ma cuisse sur la sienne, je mis ma main où je savais bien qu'était son doigt ; je la glissai par-dessous et, le soulevant, je pris toute sa motte. Je l'embrassai, je baisai ses tétons et j'enfonçai mon doigt dans son con. Je l'en retirai pour chatouiller. l'endroit où j'avais trouvé le sien ; elle écartait les cuisses et me laissait faire, lorsque je l'entendis pousser les derniers soupirs ; je la trouvai toute mouillée. Le même désir me tourmentait, je pris la sienne dont je couvris ma motte, j'employai son doigt à faire son office et je me trouvai peu de moments après au point de lui rendre soupirs pour soupirs. Elle ne fut pas peu surprise de tout ce que j'avais fait ; elle me croyait dans l'ignorance la plus profonde : elle n'avait eu garde de m'instruire, croyant qu'ayant été élevée par une mère dévote je ne fusse assez enfant pour en parler à ma tante, ou à ma mère à mon retour chez elle :

— Comment, Rose, comment sais-tu tout cela ? Je suis bien étonnée de tes connaissances ; à ton âge je n'en savais pas tant.

— Je le crois, ma chère cousine ; je te le dirai, à condition que tu ne seras point fâchée contre moi et que tu m'aimeras toujours.

Je me repentis au moment même de ce que j'avais dit, et je ne voulais plus continuer lorsque Isabelle, me prenant dans ses bras et me caressant, me pressa de lui tout avouer.

— Tu ne m'en voudras donc pas ? Tiens, ma chère cousine, sois assurée de ma discrétion. Je te promets de n'ouvrir jamais la bouche à personne de ce que je sais, et surtout à ma tante ni à ma mère. Mets ta confiance en moi comme en toi-même.

Je lui redis alors tout ce dont j'avais été témoin, et de quelle manière je l'avais été… L'effroi la saisit :

— Ah ! ma bonne amie, ma chère Rose, gardes-en, je te conjure, le secret ; ne me trahis pas, tu me perdrais.

Je le lui jurai de nouveau. Nous convînmes qu'il ne fallait pas même en parler à Justine. Elle me donna cent baisers en me faisant autant de questions sur ce que j'avais vu, entendu, et sur l'effet que j'en avais éprouvé. Je lui rendis compte de tout. Je la tranquillisai pour lors en lui disant que tout ce que je lui avais appris de moi-même m'engageait à garder un secret qui était devenu le mien.

— Mais raconte-moi donc, Isabelle, par quelles circonstances tu en es venue là avec Courbelon et Justine.

— Je le veux bien, ma petite cousine, après ce que tu sais, je n'ai rien à te refuser ni à te cacher, et je compte toujours sur tes promesses. Écoute-moi. Un mois ou cinq semaines avant ton arrivée ici, j'étais un jour sortie avec ma mère ; mais, ayant oublié quelque chose dans ma chambre et n'étant pas éloignée de la maison, j'y revins pour la chercher ; après l'avoir prise, je fus à la chambre de Justine, je ne puis te dire pourquoi ; la porte apparemment n'était pas bien fermée, ou elle n'y avait pas pensé ; je la poussai, elle s'ouvrit. Je ne fus jamais plus surprise, et je restai dans l'étonnement et comme pétrifiée de trouver Courbelon sur elle ; il en descendit aussitôt, et j'aperçus son outil qu'il tâchait de cacher, dans le même temps qu'il abattait les jupes de Justine qui étaient toutes levées. Elle était bien heureuse que ma mère ne fût pas à ma place. Je voulus à l'instant m'en aller ; mais cette fille, craignant que je ne dise à ma mère ce que j'avais vu, accourut après moi, se mit à mes genoux en me conjurant de n'en pas parler. Elle me pressa tant, en me baisant les mains, que je lui promis tout ce qu'elle voulut, et je lui tins parole. Je t'avoue, ma chère Rose, que cette aventure me donna matière à bien des pensées. Depuis ce jour-là, Justine m'amenait souvent dans sa chambre sous prétexte de m'apprendre à broder ; mais elle m'entretenait toujours sur le sujet de ce que j'avais vu en m'apprenant des choses bien nouvelles pour moi ; elle découvrait ma gorge, elle prenait mes tétons, elle me peignait le plaisir sous les attraits les plus séduisants :

je convins que j'en trouvais à l'entendre. Enfin, un jour que cette conversation m'avait fort animée, et ma curiosité fortement excitée, je sentis le feu sur mes joues, mon sein était agité ; les questions que je lui faisais firent connaître à Justine que le moment était favorable ; elle me prit entre ses bras, m'enleva et me porta sur son lit ; elle me troussa :

je m'en défendais faiblement ; elle continuait toujours, en me disant qu'un jeune et aimable cavalier serait bien heureux à sa place s'il voyait et touchait les beautés, les grâces et la fraîcheur qu'elle venait de découvrir que sa machine s'enflerait et qu'il mourrait de plaisir en m'en faisant connaître et ressentir de bien vifs. Ses flatteries, ses peintures et ses caresses m'ayant subjuguée, je me laissai faire par elle tout ce qu'elle voulut. Elle posa le bout du doigt de la main gauche entre les lèvres de mon ouverture, qu'elle chatouillait tandis que, de la droite, elle en frottait le haut.

— Ma chère cousine, lui dis-je, pourquoi n'emploies-tu pas les termes et les noms que tu sais ? Je les ai tous entendus de Courbelon et de Justine.

— Tu as raison, Rose, je n'en ferai plus de difficulté.

Enfin, après quelque temps de ce badinage, je ressentis cet extrême plaisir qu'elle m'avait si bien dépeint ; mais elle m'assura que j'en trouverais bien davantage avec un joli homme, jeune et galant. Depuis ce temps, elle répéta souvent, à ma satisfaction, ce jeu charmant ; elle enfonça même un jour son doigt ; j'éprouvai quelque douleur qui fut bientôt apaisée. Elle sut enfin m'engager de lui rendre le plaisir qu'elle me donnait. J'y trouvais beaucoup d'agrément et je m'en contentais. Mais, huit à dix jours avant ton arrivée, ma mère étant sortie seule, nous reprîmes nos jeux et nos plaisirs ; et sous divers moyens que Justine employa nous nous mîmes toutes deux totalement nues. Courbelon, caché derrière un rideau, avait été témoin de toutes nos folies : c'était une partie liée entre Justine et lui, mais je l'ignorais. Elle riait depuis le commencement, de tout son cœur. Surprise de ses ris qui me paraissaient quelquefois hors de propos je la pressai de m'en dire le sujet ; elle m'avoua que Courbelon nous voyait. Il sortit aussitôt de dessous le rideau, nu comme nous étions, et son vit était d'une grosseur et d'une raideur étonnantes. Effrayée, palpitante, honteuse, je ne pouvais plus fuir dans l'état où j'étais qu'en me cachant sous le même rideau ; j'y courus, mais ils m'arrêtèrent tous deux, et je n'osai lui rien dire après ce qu'il nous avait vues faire. Courbelon me prit entre ses bras, se jeta à mon cou, m'embrassa, porta ses mains et ses lèvres partout où il put : tout était à sa disposition et Justine l'aidait. Enfin la surprise et la honte firent place au désir. Il mit son vit dans ma main ; je ne pouvais l'empoigner ; le feu de ses baisers, de ses attouchements, ce spectacle si nouveau pour moi et l'exemple de Justine qui le caressait sans scrupule firent couler le plaisir dans tous mes membres et m'avaient mise dans une situation à ne pouvoir rien lui refuser. Les plaisirs qu'il me donna avaient une pointe de vivacité que je n'avais point sentie par les mains de Justine, avec laquelle je désirai qu'il fît la même chose. Mais ils allèrent bien plus loin : elle l'attira sur elle au pied de son lit et, me tenant d'une main, elle me fit voir le vit de Courbelon qui se perdait dans son con, et la vivacité de leurs transports me fit juger de l'excès de leurs plaisirs. C'est hier la sixième fois que je me suis trouvée avec lui, cela n'arrivant pas souvent, crainte d'être découverte. Je fus enchantée de ton arrivée, chère Rose, dans l'espérance que j'en aurais plus de liberté, car je t'avoue que j'ai eu un violent désir que Courbelon m'en fît autant qu'à Justine. Je crains, il est vrai, les enfants, dont elle me fait peur, et le mal que la grosseur de son vit me pronostique ; mais puisqu'elle le reçoit avec empressement j'imagine que ma crainte n'est pas trop fondée et que la douleur doit être bien moindre que le plaisir, du moins Courbelon me le dit de même. Cependant, Justine s'oppose toujours au désir que nous en avons par diverses raisons dont elle ne peut me persuader puisqu'elle s'y expose.

(Fin du récit d'Isabelle.)

Je la pressai autant qu'il fut en mon pouvoir de le satisfaire. Je combattais les raisons de cette fille par toutes celles qui me vinrent à l'idée, dans un âge où je n'avais pas d'expérience ni grandes ressources à donner ; mais soit que son imagination, sa curiosité et ses désirs fussent d'accord avec mes raisonnements, elle me parut facilement s'y rendre. Je lui fis promettre en même temps de me faire le détail du plaisir qu'elle aurait eu.

Elle m'en donna sa parole, en me recommandant toujours ce que nous appelâmes dès lors notre secret. Depuis ce moment nous ne nous quittions presque plus.

Quelques jours après, nous fûmes invitées d'une noce des parents de Justine. Ces sortes d'invitations sont assez en usage dans les petites villes de province. Elle ne manqua pas de s'y rendre une des. premières, avant que nous y allassions. Isabelle me dit en riant que cette occasion était bien favorable pour la tromper, car je l'entretenais tous les jours dans le projet d'en passer sa fantaisie. Je saisis d'abord cette idée et je lui dis qu'en effet ma tante, croyant que nous irions ensemble, ne manquerait pas, de son côté, d'aller chez quelques-unes de ses amies ; qu'il fallait qu'elle fût et se tînt dans la chambre de Justine ; que sans doute Courbelon ne manquerait pas de venir à la danse comme font ordinairement les jeunes gens, même sans être invités ; que l'espérance de la trouver l'y amènerait plus sûrement ; qu'aussitôt que je le verrais, je lui dirais qu'elle avait à lui parler et qu'il se rendît dans la chambre de cette fille, où elle serait à l'attendre.

« Non, non, je ne le veux pas, me dit-elle en rougissant. »

Mais je la pressai, je mêlai mes caresses à mes engagements ; et soit qu'elle fût bien aise qu'ils voilassent ses désirs, ou soit que je la déterminai, elle y consentit. Je n'avais pas fini de m'habiller que ma tante était déjà partie.

Je m'en fus donc seule. Effectivement, je trouvai Courbelon qui était arrivé ; je m'approchai de lui et je parvins à lui dire, sans affectation et sans qu'on s'en aperçût, ce que j'avais projeté ; il ne tarda pas à disparaître. Quelques instants après je ne le vis plus. Je regrettais de n'être pas encore à mon poste. Mais comme je me flattais qu'Isabelle me rendrait compte de tout ce qui se serait passé, je me consolai et je participai de mon mieux aux plaisirs de la fête où j'étais puisque je ne pouvais être de celle de ma cousine.

Justine m'avait demandé, lorsque j'entrai, pour quelle raison Isabelle n'était pas avec moi. J'imaginai de lui dire que ma tante avait voulu sortir avec elle, mais qu'elle ne tarderait pas à venir prendre sa part du divertissement et me rejoindre. Elle prit d'abord mon conte le mieux du monde ; cependant, voyant que Courbelon n'y était plus depuis longtemps et que ma cousine n'arrivait point, elle prit de la défiance et, sans s'expliquer avec moi, elle ne put s'empêcher de me dire qu'elle avait lieu d'être surprise du départ de l'un et du retard de l'autre. À peine venait-elle de me tenir ce propos que Courbelon arriva, et ma cousine peu après. Justine disparut à son tour ; je le fis remarquer à Isabelle à qui j'avais répété ce qu'elle m'avait dit. Elle soupçonna dans l'instant que cette fille était retournée au logis, ce qui lui donna de l'inquiétude. Justine revint et ne fit rien paraître ; mais elle avait fait des recherches et pris des informations qui l'instruisirent autant qu'elle le désirait. Nous rentrâmes chez ma tante. Il me tardait que nous fussions couchées pour questionner en liberté ma cousine.

Je lui dis que j'étais fatiguée de la danse ; Isabelle en dit autant, quoiqu'elle n'eût point pris part à cet exercice : elle l'avait toujours refusé sous quelque prétexte, qui n'était pas néanmoins le véritable. Nous fûmes donc nous mettre au lit. Quand je la tins dans mes bras, je voulus mettre ma main où elle avait reçu les plus grands coups ; mais elle la repoussa en me disant qu'elle y souffrait trop de douleur.

Il ne m'en fallut pas davantage pour la sommer de sa parole et la presser de me la tenir :

« Ah ! ma chère Rose, ma curiosité a été bien mal satisfaite. Courbelon est venu comme les autres fois. J'avais l'oreille au guet, je fus lui ouvrir, il s'est jeté à mon cou. »

Après bien des baisers et des caresses, il m'a prise dans ses bras et m'a portée sur le pied du lit en promenant ses mains partout où il a voulu, d'autant que je m'y prêtais sans feindre aucune résistance. Enfin, m'ayant penchée sur le lit, il m'a enfoncé son vit qu'il avait mouillé de salive ; mais quelle douleur ne m'a-t-il pas faite ; ce vit, d'une grosseur énorme, me déchirait ; je n'osai crier, j'en versais des larmes. Il tâchait de me consoler en m'embrassant et en m'assurant qu'une seconde fois je n'aurais plus que du plaisir. Il me trompait : il y revint et ma douleur fut aussi vive, je souffrais tout ce qu'on peut endurer. Il s'y présenta une troisième fois ; je ne voulais plus y consentir ; il me pressa si fort, en y joignant tant de baisers et de caresses, que je ne pus lui refuser. Il s'y prit si doucement et avec tant de précautions que je croyais ne plus endurer un tel tourment, mais il fut presque le même. Ces vives souffrances que j'ai ressenties, jointes à la crainte des enfants qui s'est retracée plus fortement à mon imagination, m'éloignent d'une pareille épreuve. Il m'en reste même une cuisson si grande que je ne puis encore y toucher sans renouveler mes douleurs, et c'est ce qui m'a fait refuser de participer à la danse.

— Sans doute, chère cousine, qu'étant bien plus jeune que Justine, tu es beaucoup plus étroite.

— C'est bien ce que me disait Courbelon, en m'assurant que le temps et l'usage m'élargiraient. Mais en attendant je n'en souffre pas moins.

Il fallut donc rester tranquille et nous nous endormîmes.

Le lendemain, Justine fut attirer Isabelle dans sa chambre et lui dit qu'elle s'était aperçue que Courbelon y était venu la veille, qu'elle avait trouvé à la porte du petit escalier, qui n'était pas fermée comme elle le faisait ordinairement, un morceau du bouquet qu'il avait ce jour-là ; qu'elle avait très bien distingué que son lit avait été foulé, et qu'enfin elle avait appris qu'au lieu d'être sortie avec sa mère, comme je lui avais dit, elle était restée et n'avait quitté la maison que deux heures après moi ; qu'elle jugeait bien ce qui s'était passé, qu'elle l'engageait de le lui avouer ; qu'elle ne devait pas avoir de crainte ni faire de mystère avec elle puisqu'elle n'avait rien à redouter de sa part, étant pour le moins aussi intéressée qu'elle à ce que personne n'en sût rien. Isabelle s'en défendit d'abord ; mais les marques étaient si claires pour Justine qu'à la fin elle lui avoua que Courbelon était venu et lui avait fait les caresses dont il usait ordinairement. Justine lui soutint qu'assurément il lui avait mis ; que tout lui démontrait qu'elle n'en devait pas douter.

Ma cousine ne voulut point en convenir, mais cette fille lui dit qu'elle le connaîtrait bientôt. Comme elle était forte, elle la prit dans ses bras et la coucha sur le lit ; Isabelle, ne pouvant lui résister et se persuadant qu'elle y connaîtrait quelque chose, craignant encore que, pour s'en assurer, elle ne renouvelât ses douleurs, lui fit l'aveu de tout ce qu'elle m'avait raconté.

Justine, qui redoutait infiniment les suites de cette aventure, ou vivement piquée contre Courbelon, apporta depuis tant de difficultés et d'obstacles à leurs entrevues que ma cousine et lui ne pouvaient plus se voir avec la facilité qu'elle leur avait procurée, et, peut-être alors jalouse de lui, elle ne lui permit plus de revenir ; elle parvint, enfin, par toutes les voies et les moyens qu'elle put imaginer à rompre cette liaison, d'autant plus aisément qu'elle y employait la vigilance la plus grande. Courbelon, jugeant qu'il ne pourrait jamais surmonter les obstacles qu'opposait une surveillante aussi éclairée et au fait de cette allure, se brouilla avec elle ; et comme, dans cette circonstance, il fut obligé quelque temps après de se rendre dans une autre province, il oublia bientôt Isabelle et Justine qui, elle-même, peu après son départ, se retira de chez ma tante et quitta la ville où nous étions. C'est ce qui m'a fait penser, depuis, qu'elle était allée dans le même lieu où s'était rendu Courbelon, pour qui elle aurait tout sacrifié.

Dans les premiers temps, Isabelle n'endura pas sans chagrin le déplaisir de ne le plus voir ; elle me faisait part de tout ce que son humeur lui inspirait. Je la consolais du mieux qu'il m'était possible ; j'y parvins à la longue, et les plaisirs que nous nous procurions ensemble lui firent supporter avec plus d'aisance, et même oublier à la fin, cette perte qui m'avait aussi fort déplu. Je désirais être quelque jour de leurs parties ; je projetais d'y engager ma cousine, et je m'en flattais d'autant mieux qu'elle avait pris pour moi une forte inclination qui ne servit pas peu, depuis, à dissiper son chagrin. Ces contretemps détruisirent mes desseins, et la nécessité fit que je n'y pensai bientôt plus.

Nous passâmes encore quatre mois ensemble, pendant lesquels elle m'instruisit de tout ce qu'elle avait appris de Courbelon et de Justine, qui l'avaient rendue très habile.

Les réflexions que j'ai faites depuis sur cette aventure et sur les réponses d'Isabelle aux différentes questions que je lui faisais m'ont fait voir que Courbelon avait jeté ses desseins sur ma cousine ensuite du jour où elle l'avait trouvé sur Justine, et que, sous le prétexte de mieux engager Isabelle à garder le secret, il avait fait entendre à cette fille que le moyen le plus assuré était de l'admettre en tiers dans leurs plaisirs, autant que la petite oie pourrait s'étendre ; qu'enfin il avait su l'en convaincre et la faire donner dans le panneau qu'il leur tendait ; sans quoi la jalousie que nous soupçonnions à Justine s'y serait difficilement prêtée.

Le temps que je passai chez ma tante fut trop tôt écoulé ; je fus rappelée par ma mère : il fallut nous séparer. Nous ne nous quittâmes pas sans regret, et nous ne pûmes en venir à cette séparation sans verser bien des larmes. Ma tante en fut touchée et me promit qu'elle ferait tout ce qui dépendrait d'elle pour me ravoir encore. Elle et ma cousine, qui pouvaient jouir d'une agréable liberté, me plaignaient, n'envisageant pour moi que des jours bien tristes et remplis d'ennui avec une mère dévote qui ne voyait personne. Je le croyais comme elles ; mais nous avions toutes tort.

Arrivée chez ma mère, je mis à profit tout ce que j'avais appris du hasard et d'Isabelle : comme elle, je me procurais tous les jours les sensations les plus délicieuses du plaisir ; souvent même j'en redoublais la dose. Mon imagination échauffée n'était emplie que des idées qui y avaient rapport. Je ne pensais qu'aux hommes, je fixais mes regards et mes désirs sur tous ceux que je voyais : les yeux, attachés sur l'endroit où je savais que reposait l'idole que j'aurais encensée, animaient mes désirs dont le feu se répandait jusqu'aux extrémités de mon corps. Ce fut dans cet instant que Vernol revint passer ses vacances chez ma mère ; il avait un an et demi de plus que moi. Ah ! que je le trouvai beau ; j'en fus surprise ; jusque-là ses charmes m'avaient échappé. Il est vrai que l'âge à peu près égal de l'enfance nous avait toujours donné beaucoup d'amitié l'un pour l'autre ; mais dans ce moment ce fut tout autre chose : il réunit tous mes désirs, une ardeur dévorante s'empara de tous mes sens, je ne vis plus que lui, toutes mes idées s'y concen- trèrent. Depuis longtemps je souhaitais d'examiner de près, et de toucher, ce que je n'avais fait qu'entrevoir à Courbelon. Je sentais que j'étais trop jeune pour me flatter de devenir l'objet des desseins d'un homme plus âgé, et, me persuadant que leur instrument grossissait à la mesure de leurs années, les douleurs d'Isabelle m'effrayaient.

D'ailleurs je ne voyais personne qui pût jeter les yeux sur moi ni arrêter les miens ; cependant, j'étais dans une vive impatience et je fis de Vernol le but où je désirais atteindre.

Sa chambre était derrière celle de ma mère où je couchais.

Quand cette bonne dévote allait à l'église, où elle passait deux ou trois heures tous les matins, je fermais exactement la porte après elle. On croyait que nous dormions et l'on nous laissait en paix. Mais, continuellement éveillée par mes désirs, j'allais en chemise près de lui et je lui faisais mille agaceries pendant qu'il était dans son lit. Tantôt je l'embrassais, je le chatouillais, tantôt je tirais ses couvertures, ses draps ; je le mettais presque nu ; je lui donnais de petits coups sur ses fesses d'ivoire ; il sautait après moi, me poussait sur son lit, me baisait et rendait sur mon cul les coups légers que je lui avais donnés. Nous avions répété deux matinées ce badinage lorsque, la troisième, en me jetant à la renverse sur son lit, ma chemise, à qui j'avais prêté un peu de secours, se trouva toute relevée et mes jambes en l'air ; il aperçut aussitôt mon petit conin, il m'écarta les cuisses, il y porta la main, et ne pouvait se lasser de le regarder et d'y toucher ; je le laissais faire.

— Ah ! Rose, me dit-il, que nous sommes bien différents l'un de l'autre !

— Comment ! lui répondis-je, quelle différence y a-t-il donc ? Je lui fis cette question avec l'air de la plus innocente simplicité.

— Tiens, vois, me dit-il en troussant sa chemise et me montrant son petit outil qui était devenu gros et raide, et que je n'avais qu'entrevu jusque-là.

Je pris cette lance en main, je la considérai, je la caressai, j'en découvrais, j'en aiguisais la pointe, et j'eus enfin la satisfaction d'en faire l'examen le plus attentif. Vernol, impatient d'en faire un pareil, me dit :

« Rose, laisse-moi donc te regarder encore. »

Je me rendis à sa demande et je me recouchai. Il releva mes jambes, les écarta et ne mit pas moins d'attention dans sa recherche et dans ses détails que j'en avais eu dans la mienne ; mais il ignorait l'usage de ce qu'il voyait. Il était à genoux sur le lit, penché sur moi ; je passai ma main entre ses cuisses et je repris son joli bijou ; je m'amusai à coiffer et décoiffer sa tête rouge comme le corail. Le plaisir que je lui faisais, dont je m'apercevais, augmentait le mien : j'étais dans l'impatience ; je me relevai et le renversai à son tour, je le découvris tout entier ; je le baisais, je le mangeais, je caressais ses petites olives ; enfin, à force de hausser et baisser ma main sur ce charmant bijou, il répandit cette liqueur que j'avais vu rendre à Courbelon par la main de Justine. Cette situation si nouvelle pour lui, l'étonnement joint au plaisir excessif dont il paraissait jouir, étaient un délicieux spectacle pour moi ; sa main, placée entre mes cuisses, était restée sans mouvement. Je me recouchai sur le lit, je la pris et je lui fis faire un exercice qui lui était inconnu, et que je souhaitais vivement. Je tombai bientôt moi-même dans l'extase où je l'avais mis peu auparavant.

Tout cela lui paraissait bien extraordinaire ; je l'avais conduit de surprises en surprises ; elles me réjouissaient et m'enchantaient. Je recommençai mes caresses, je repris son instrument, je le baisai, je le suçai, je le mis tout entier dans ma bouche, je l'aurais avalé : il ne tarda pas à reparaître dans l'état charmant où il avait été. Jusque-là, je n'avais pas osé lui apprendre à le mettre où je le souhaitais ; mais de plus en plus animée, j'arrachai sa chemise, je quittai la mienne ; rien ne me cachait ses charmes naturels ; je les contemplais, je les couvrais de mes mains et de mes lèvres ; il me rendait les mêmes caresses à son tour.

Son petit vit était dans toute sa dureté ; je me mis sur lui ; je le conduisis moi-même dans mon petit conin. Ah ! qu'il fut bientôt au fait : j'étais encore étroite, mais il n'était pas gros ; nous poussions tous les deux ; enfin, m'asseyant sur lui, je parvins aussitôt à me l'enfoncer tout entier, et j'eus l'agréable satisfaction de le sentir pour la première fois introduit où je le désirais avec tant de passion. C'est ainsi que nos pucelages, quoiqu'ils ne fussent pas bien intacts, furent enlevés l'un par l'autre. Quelle volupté nous ressentions ! Vernol ne savait plus où il en était. Nous jouissions de cette félicité pure qui se sent sans pouvoir l'exprimer ni la concevoir. Nos plaisirs étaient à leur comble. Il en éprouva le premier l'excès : il déchargeait, ses bras qui m'entrelaçaient se relâchèrent, je précipitai mes mouvements, je l'atteignis, et, me laissant aller sur lui, il connut que je jouissais des mêmes délices. Serrés, collés l'un sur l'autre, nous savourions ce voluptueux anéantissement qui n'est pas moins enchanteur que le plaisir qui nous l'avait procuré. Mais, plus tôt rétablie que lui, je me vis forcée de l'engager à se servir encore de sa main et de son doigt.

Nous répétions tous les jours cet agréable exercice ; j'allais dans son lit ou il venait dans le mien ; partout où nous pouvions nous réunir en sûreté pendant le jour, nous le recommencions ou nous n'en prenions que l'ombre. La nuit que nous ne pouvions être ensemble, toute pleine de son image je lui consacrais les plaisirs qu'elle faisait naître ; il en faisait autant de son côté, nous nous en rendions compte le matin et nous réalisions les illusions nocturnes.

Étonné dès les premiers jours de tout ce que je lui avais appris, il avait désiré que je lui dise par quel moyen j'en avais eu connaissance ; mais ne croyant pas à propos de lui rendre compte d'abord de ce que j'avais vu chez ma cousine, je fixai ses idées sur des exemples généraux.

Cependant, ayant ensuite reconnu sa discrétion, je lui racontai tout, et nous tâchions d'en réaliser le souvenir et d'en imiter l'exemple.

Hélas ! au milieu de nos plaisirs, notre séparation approchait ; nous l'envisagions avec douleur. Ce moment vint enfin ; il fallut nous quitter ; ma peine fut extrême, je ne puis vous la peindre. Depuis trois ans et demi d'absence nous ne nous sommes réunis que depuis quatre ou cinq mois qu'il est revenu tout à fait chez ma mère.

Quand elle eut fini son récit où elle était entrée dans un détail plus étendu qu'avec moi, surtout en ce qui regardait Vernol, je repris la parole :

« Tu ne sais pas, cher papa, ce que Rose m'a dit encore, elle ne te rend pas compte de tout. Ma chère Laure, m'a-t-elle ajouté, je me suis aperçue que Vernol avait pris pour toi la plus forte passion, et même il m'en a fait l'aveu. »

Tiens, chère amie, je n'en suis point jalouse, je vous aime tendrement tous deux : tu es belle, il est charmant, je serais enchantée de le voir dans tes bras ; oui, ma chère, je l'y mettrais moi-même, je ferais mon bonheur de sa félicité.

Ne la trouves-tu pas folle ?
— Pas tant, Laure, je n'en suis point surpris, dans sa façon d'être.

Nous jugeâmes aisément que Rose aimait le plaisir avec fureur ; nous le lui dîmes, elle en convint. Les tableaux qu'elle avait retracés avaient ranimé son tempérament ; ils avaient produit le même effet sur nous. Mon papa en présentait des preuves parlantes : elle s'en saisit, et, pour nous prouver le charme séducteur qu'elle y trouvait, elle conduisit elle-même le cher objet qu'elle tenait, et nous fit cent caresses dont nous la payâmes par cette sensation délicieuse après laquelle elle soupirait sans cesse. Comme elle était arrivée la première au but, elle arrêta mon papa et, nous adressant la parole :
— Achevez d'avoir en moi la même confiance que je vous

ai montrée ; ce que nous avons fait tous les trois, depuis hier, m'a totalement ouvert les yeux et m'a donné la liberté de vous raconter ce que j'ai fait avec Vernol. Viens donc, papa, viens à côté de ta chère Laurette, à sa place j'en ferais autant avec toi. Mets-lui, et qu'elle partage les plaisirs que tu m'as donnés ; sois assuré de la plus inviolable discrétion.

— Eh bien ! Rose, pour te prouver que je n'en doute en aucune manière, tu vas jouer un nouveau rôle.

Il se leva et fut aussitôt chercher le godemiché ; il l'attacha à la ceinture de Rose qui était extasiée de cet outil qu'elle ne connaissait pas ; il me fit mettre sur elle et le conduisit dans mon con en lui recommandant de se remuer comme ferait un homme, et de me branler en même temps ; il l'instruisit de l'effet de la détente lorsqu'elle me verrait prête à décharger. Il se mit ensuite sur moi et m'introduisit son vit dans le cul. Rose remuait la charnière supérieurement ; je tenais ses tétons, elle caressait les miens, elle suçait ma langue, je me mourais. Au moment où j'allais perdre connaissance, elle fit décharger le godemiché ; mon con en fut inondé, et le foutre que mon papa répandit en même temps dans mon cul excita en moi des transports qui se joignirent aux siens et à ceux de Rose qui, par le frottement du godemiché sur son clitoris, les lui fit partager ; enfin je tombai sur elle, morte de plaisir. Mon papa se releva bientôt, et quand je fus revenue de cet évanouissement enchanteur nous sortîmes du lit qu'il était plus de midi.

Dès que nous fûmes debout, elle n'eut rien de plus pressé que de passer à l'examen de cet outil si nouveau pour elle.

Je l'aidai à en désunir toutes les parties : il était parfaitement semblable à un vit ; toute la différence consistait dans des ondes transversales depuis la tête jusqu'à la racine pour procurer un frottement plus actif. Il était d'argent, mais couvert des couleurs de la nature, et d'un vernis dur et poli. Il était vide, mince et léger. Dans le milieu de l'espace, il y avait un tuyau du même métal, rond et plus gros qu'une plume, dans lequel il y avait un piston. Ce tuyau se vissait à un autre bout percé et soudé au fond de la tête. Il se trouvait par ce moyen des espaces autour de cette petite seringue, dont elle avait l'effet, et les parois de celui qui imitait le vit. Un morceau de liège, taillé pour boucher exactement ce dernier, avait un trou qui laissait entrer très juste la naissance de la petite pompe, dans lequel on insérait un ressort d'acier en spirale qui repoussait le piston par le moyen d'une détente. Quand Rose l'eut bien tourné et retourné :

— Il faut encore, me dit-elle, que tu m'apprennes comment on lui fait faire son office.

— On emplit, lui dis-je, le godemiché d'eau suffisamment échauffée pour en supporter la chaleur sur les lèvres ; on le bouche bien avec le morceau de liège, auquel tu vois cet anneau pour le retirer ; on emplit ensuite la pompe, par le moyen du piston qu'on attire, de colle de poisson fondue et légèrement teinte de blanc qu'on tient toute préparée : la chaleur de l'eau se communique aussitôt à cette liqueur qui ressemble autant qu'il est possible à la semence.

La première action de Rose, après ce détail, fut de trousser sa chemise et de l'enfoncer dans son con. Cette folie dans ce moment me fit rire au point que mon papa rentra pour savoir le sujet qui m'y excitait si fort. Il la vit à cet ouvrage, il ne put s'empêcher de m'imiter, et s'adressa à elle :

— Laisse-le donc, Rose, sa vertu dans ce moment n'existe plus, et nous pouvons faire quelque chose de mieux.

Elle continua donc de s'habiller. Il me prit par la main et sortit :

— Ma chère Laure, Rose sera la victime de sa passion et de son tempérament ; rien ne la retient ; elle s'y livre avec fureur, sans mesure ni ménagement ; sois assurée qu'elle paiera de sa personne cette imprudence, ainsi que le pauvre Vernol qu'elle a jeté dans le même excès ; mais je veux en profiter pour remplir mes desseins.

En effet, inébranlable dans ses réflexions, il fut la retrouver dans ma chambre, et j'entendis :

— Rose, ce que vous avez dit à Laure, au sujet de votre frère sur la fin de votre histoire, annonce votre amitié pour l'un et pour l'autre ; mais peut-on compter sur la discrétion de Vernol comme sur la vôtre ? Il est nécessaire qu'elle soit des plus grandes, vous devez le concevoir, songez-y.

— Oh ! ne vous trompez pas sur la confidence que je vous ai faite ; elle n'est pas le fruit de l'indiscrétion ; mais la manière dont j'ai agi avec lui m'a fait sentir que si j'eusse été Laurette vous eussiez été pour moi ce qu'est Vernol.

L'obscurité à travers laquelle j'entrevoyais la chose s'est totalement dissipée par la façon dont nous vivons depuis hier ; j'ai jugé que, dès lors, je pouvais parler sans déguisement et que vous seriez intéressés à garder, à notre sujet, le même secret qu'à votre égard je vous jure pour Vernol et pour moi, y trouvant le même intérêt. Mais, de grâce, qu'il participe à nos plaisirs ; il m'a fait l'aveu qu'il était fou de Laurette, et vous vous y trouvez engagé plus que vous ne pensez. Vous serait-il donc possible de nous refuser ? Je serai comblée de joie si vous ne vous y opposez pas et si, comme je le désire, la chère Laurette ne le hait pas.

— Tout me force aujourd'hui à y consentir ; ne lui dites cependant rien encore de ce qui s'est passé entre nous, je vous le conseille et vous y engage. Il me croirait dédommagé, et je veux qu'il me paie lui-même du sacrifice que je fais. Pré-venez-le seulement de se prêter à tout ce que nous voudrons.

— Ah ! je vous réponds de lui comme de moi-même sur qui vous pouvez compter en tout.

— Il est cependant nécessaire que vous sachiez, vous et lui, que Laure n'est ma fille que pour le public ; car en réalité elle ne l'est pas. Vous voyez cependant qu'elle ne m'en est pas moins chère ; mais surtout, que personne ne soit instruit de ce secret que vous deux, je vous le recommande. Allez à présent trouver votre mère avec elle, dites-lui que demain nous irons encore passer le jour à la campagne, et que si elle veut vous y laisser venir avec votre frère nous vous y mènerons. Cepen-dant, promettez-moi d'être tranquilles l'un et l'autre jusqu'à ce que vous veniez, car vous en aurez sûrement besoin.

Je n'avais rien perdu de ce discours ; Rose vint, m'entraîna, courut chez sa mère et obtint facilement pour elle et pour Vernol ce qu'elle lui demandait. Je la quittai et fus passer le reste de la journée chez une parente. Pendant ce temps-là, mon père fut donner ses soins aux arrangements qu'il projetait.

La nuit, quand je fus dans ses bras, je présumai qu'il me rendrait compte de ce qu'il avait dit à Rose, et de ses desseins. Indécise avec moi-même, je ne voulus pas lui en parler la première, ni lui faire connaître que je l'avais entendu. Le cœur me battait ; mais il ne m'en ouvrit pas la bouche.

Le lendemain après-midi, une voiture se rendit à notre porte, nous prit et nous conduisit dans une maison charmante à quelque distance de la ville ; je ne la lui connaissais pas. Je jugeai qu'elle appartenait à quelqu'un de ses amis qui la lui prêtait. Vernol avait cherché à relever ses attraits naturels. Rose et moi, nous étions dans un déshabillé galant. Instruit par sa sœur, il avait une politesse plus aisée et quelque chose de plus assuré qui lui était avantageux.

Nous arrivâmes sur les quatre heures, il faisait un temps admirable et très doux. Nous rimes plusieurs tours dans les jardins, qui étaient vraiment dessinés par Vertumne, et non de ces assemblages fantasques où la bizarrerie semble avoir présidé. Ce n'était pas non plus de ces jardins compassés, où la régularité et la symétrie écrasent la nature : nous y jouissions de la beauté de l'horizon, qui semblait d'accord avec la fête. Après cette promenade, où nous avions préludé par les baisers, nous vînmes dans les appartements, que nous parcourûmes ; nous trouvâmes, dans un salon où mon papa nous conduisit, une collation servie ; il nous présenta plusieurs mets, nous versait à boire et ne nous ménageait pas. Soit délicatesse des vins et des liqueurs, ou soit qu'il eût employé quelque autre moyen qu'il connaissait assez, nos têtes perdirent bientôt leur équilibre et nous jetâmes des fleurs à la folie, qui nous en couronna. Dès qu'il nous vit en cet état, il fut écarter tout son monde de manière à ne le faire revenir que tard, en sorte que nous étions exactement seuls. Il nous conduisit dans un appartement où nous n'avions pas encore été, situé dans le quartier le plus reculé. Il nous fit entrer dans un petit salon illuminé, de toutes parts, de bougies mises dans des girandoles, posées à la hauteur où l'on pouvait facilement atteindre avec la main. Au-dessous d'elles régnaient tout alentour des glaces ordinairement couvertes de rideaux qui, dans ce moment, étaient relevés par des cordois et des glands qui les tenaient en festons, dont les pendants garnissaient les encoignures. Des bergères larges, fort basses et presque sans dossier, sur lesquelles étaient répandus des carreaux, garnissaient le tour jusqu'à la hauteur où les glaces étaient placées. Au-dessus d'elles étaient enchâssés différents tableaux. Dieux ! quels objets, chère Eugénie ! Clinchetet et l'Arétin n'ont rien produit de plus voluptueux. Des sculptures peu multipliées, les unes en blanc, les autres peintes à la gouache, présentaient de semblables sujets. Dans un des côtés était une niche ornée et éclairée de même, qui renfermait un meuble sur lequel la jouissance et la volupté avaient établi leur trône. Ces peintures, ces sculptures, les vins et les liqueurs que nous avions pris écartèrent et chassèrent loin de nous jusqu'à l'ombre de la contrainte : le délire voluptueux s'empara de nos sens ; Bacchus et la Folie menaient le branle. Rose, inspirée par sa divinité chérie, nous donna le ton et commença l'hymne du plaisir. Elle sautait au cou de mon papa, elle embrassait Vernol, elle me baisait et m'engagea de l'imiter. Elle arracha mon mouchoir qu'elle jeta à son frère, elle fit voler le sien sur mon papa, elle leur faisait baiser ses tétons, elle les conduisait sur les miens, nos bouches étaient couvertes de leurs lèvres. Ces jeux, ces baisers qui se répétaient dans les glaces nous échauffèrent à l'excès. Nos joues étaient colorées, nos lèvres brûlantes et vermeilles, nos yeux animés et nos seins palpitants. Vernol, déjà dans un demi-désordre, le teint brillant, les yeux pleins de feu, me paraissait beau comme le jour. Je le regardai dans ce moment comme une jouissance divine dont tous les appas se réunirent en un seul trait, au centre de mes désirs ; il ne savait lui-même où il en était : mon papa calculait la gradation. Rose me fit tomber sur une bergère, elle appela Vernol pour l'aider : elle me troussa, me donna de petits coups sur les fesses, et lui fit voir l'objet après lequel il soupirait. Je la pris à mon tour pour la renverser aussi ; mais elle ne m'en donna pas le temps ; elle s'y jeta d'elle-même et, levant les pieds en l'air, elle mit au jour tous les appas qu'elle avait reçus de la nature, son con, son cul, son ventre, ses cuisses, tout fut à découvert. Nous fûmes aussitôt tous les trois près d'elle lui faire les caresses qu'elle montrait désirer. À peine avionsnous posé nos mains sur ses fesses qu'après deux ou trois mouvements de reins nous l'aperçûmes tortiller l'œil, et nous vîmes couler la fontaine du plaisir. Nous nous apercevions bien l'une et l'autre que Vernol et mon papa bandaient de tout leur pouvoir. Le sillon relevé que leurs vits faisaient le long de leurs cuisses en portait.le plus sûr témoignage. Tout d'un coup, Rose se releva et fut se jeter sur mon père :

— Cher papa, je t'ai jeté le mouchoir ; tu seras mon mari et moi ta femme ; donne-moi ta main.

— Très volontiers, Rose ; mais il faut que la dernière cérémonie en soit.

— Ah ! de tout mon cœur. Mais Vernol a eu le mouchoir de Laurette, il faut aussi les unir. Y consens-tu ?

— Soit, comme tu le désires.

Elle accourut prendre nos mains qu'elle mit l'une dans l'autre ; elle nous fit embrasser, nos bouches se rencontrèrent ; elle porta sa main sur mes tétons et nous fit appeler mari et femme. Nous étions tous quatre vivement émus et très échauffés. Rose brûlait.

— Qu'il serait délicieux dans ce moment, s'écria-t-elle, d'être dans un bain où nous puissions nous rafraîchir ! Le feu me dévore.

Mon papa se leva et fut tirer un cordon qui était à côté de la niche. Aussitôt le dessus du meuble qui y était fut enlevé, et découvrit un bassin à trois robinets qui jetaient à volonté de l'eau chaude, froide ou de senteur.

« Voilà qui est magnifique, c'est ici le palais des divinités. Je vais, dit Rose, ressembler à une naïade, mais je ne serai pas la seule. »

En peu d'instants, elle parut avec les seuls ornements des nymphes ; elle s'empara de moi, et pressa Vernol et mon papa de l'aider à me mettre dans le même état : en un clin d'œil, tout disparut de dessus moi. Rose fit un signe à son frère qui se montra bientôt en Sylvain pendant qu'elle et moi nous prêtions notre secours à mon papa. Mes regards furtifs avaient déjà détaillé Vernol : qu'il était bien fait, et qu'il me paraissait agréable ! La jeunesse et la fraîcheur brillaient de tous côtés : au milieu de la blancheur et de l'éclat d'une jeune fille, on voyait le trait qui caractérisait un homme. Nous nous plongeâmes tous quatre à la fois dans ce bassin, ils étaient l'un et l'autre rayonnants de gloire. Tous consumés d'un feu dévorant, nous étions semblables à des fournaises sur lesquelles on jette de l'eau et qui n'en deviennent que plus vives. Deux lances en arrêt nous menaçaient tour à tour, mais le combat ne nous effrayait pas : en proie aux mains folâtres et passionnées, aux baisers amoureux et lascifs de nos tritons, nous leur rendions les mêmes caresses, nous badinions avec leurs flèches, ils s'étaient emparés de nos carquois. Dans ce moment, mon papa eut la prudence de plonger l'éponge au fond du mien lorsque j'y pensais le moins. Vernol voulait entrer en lice mais, par une adresse si naturelle aux femmes et si propre à aiguiser les désirs, je l'arrêtai et me sauvai du bassin. Rose me suivit. Bientôt ils furent dehors.

La fraîcheur qu'ils sentirent en sortant leur donna sur la crête, leur humilité momentanée nous laissa le temps de nous essuyer et, nous étant couvertes simplement de robes légères et transparentes qui ne gênaient presque point la vue ni les larcins, et que mon papa tira d'une armoire cachée par une glace mobile, nous nous étendîmes sur les bergères. À peine y étions-nous qu'il fit descendre du plancher, par un autre cordon, une table servie de mets délicats, de vins et de liqueurs semblables à celles dont nous nous étions si bien coiffés, et qui nous achevèrent. Tout y était propre à augmenter l'ardeur qui nous dévorait déjà.

Vernol était dans une impatience prodigieuse ; mais, ce que je n'aurais pas attendu de celle de Rose, elle ne perdit rien de sa gaieté. Pour moi, dont la volupté était plus délicate, je jouissais par les yeux, par les mains ; mais j'étais moins empressée d'arriver au but, que j'envisageais avec plus de satisfaction en exaltant le désir, et je me trouvais en cela d'accord avec mon papa. Vernol et Rose furent donc obligés de modérer leur impatience, ce qui fut plus facile à Rose qui, par nos caresses et nos attouchements, avait déjà, de son aveu, ressenti trois fois les délices du plaisir. Enfin, elle appela ce service le souper de noce ; l'hymen n'y présidait guère, mais qu'importe, la volupté y régnait ; elle seule nous suffisait et nous enchantait. On la voyait au milieu de la table, couronnée par le dieu des jardins, tenant son sceptre en main ; dans les quatre coins il y avait des groupes entrelacés et dans les attitudes qui annonçaient le plus doux des moments. Entre eux, de vieux satyres jaloux présentant leurs offrandes, que des nymphes chassaient et que les plaisirs fuyaient : tout inspirait, tout animait. Rose, le verre et la bouteille en mains, sa robe ouverte, développant ses appas et ses grâces, répandait la flamme dans nos veines ; ce qu'elle nous versait devenait un torrent de feu.

Je désirais enfin moi-même avec violence, rien ne m'eût effrayée. Nos attraits, presque toujours à découvert, produisaient le même effet, et nous voyions sans cesse à nos yeux des signes palpables de leur pouvoir. Enfin, chère Eugénie, parlons sans figure : ils ne débandaient point.

Rose, ne pouvant plus y tenir, s'écria :

— Vernol, prends ta femme. Pour moi, me jetant entre les bras de mon papa, je tiens mon mari.

Elle s'était déjà saisie de son vit qu'elle fixait depuis long-temps, déjà Vernol me tenait embrassée et sa main s'était emparée de mon con, lorsque mon papa nous arrêta :

— Attendez, mes enfants, il y a une condition à laquelle j'attache ma complaisance ; il est juste que j'en sois payé.

Si Vernol le met à Laure, je veux imiter cet homme de cour qui, faisant coucher avec sa femme un page qu'elle aimait, faisait en le cul de ce page la même opération qu'il faisait dans le con de la dame. Il faut, de même, que pendant qu'il foutra Laure son cul soit à ma disposition.

Je me persuadai dans l'instant que les beautés de Vernol lui avaient inspiré des désirs, comme elles avaient fait naître les miens ; j'en fus enchantée, j'en devenais plus libre de me livrer à mes désirs, et cette pensée me dégagea d'une entrave qui, jusque-là, m'avait donné quelque gêne. J'animai nos jeux avec les transports de la joie ; je tâchai d'y ajouter de ma part tout ce qui pouvait les rendre plus charmants : je me saisis de Vernol, j'arrachai sa robe, je présentai son cul, j'écartai ses fesses charmantes, son vit m'enfonçait le ventre.

— Non, Vernol, non, ne te flatte pas de me le mettre dans cette condition.

Rose, qui avait vu que mon papa me l'avait mis de même, s'écria qu'il n'avait pas à balancer, et jura qu'elle le tiendrait plutôt.

— Quoi, dit Vernol, quel serait donc l'obstacle qui pourrait m'arrêter ? Depuis longtemps, je suis à la torture ; que ne ferais-je pas, belle Laurette, pour jouir de vous et mourir dans vos bras ?

— En ce cas, dit mon papa, Rose sera aussi de la partie.

Dans le moment, la table fut enlevée et le bassin recouvert ; un coussin épais en remplissait l'étendue et était enveloppé d'un satin couleur puce, si propre à relever la blancheur. Cette niche était le vrai sanctuaire de la volupté.

Nous fûmes à l'instant débarrassés de tout ce qui nous était étranger, et nous montâmes sur cet autel avec les seuls ornements de la nature, tels qu'ils étaient nécessaires pour offrir nos vœux à la divinité que nous allions encenser et pour les sacrifices que nous allions lui faire. Les glaces répétaient de tous côtés nos différents attraits. J'admirais ceux de Vernol. Ce beau garçon me prit dans ses bras, il me couvrit de baisers et de caresses ; il bandait de toute sa force. Je tenais son vit ; mon papa maniait ses fesses d'une main et, de l'autre, les tétons ou le con de Rose qui nous caressait tous trois. Cédant enfin à notre fureur amoureuse, Vernol me renversa, écarta mes cuisses, baisa ma motte, mon con, y mit sa langue, suça mon clitoris, se coucha sur moi et me fit entrer son vit jusques aux gardes. Mon papa se mit aussitôt sur lui. Rose était sur les genoux, appuyée sur les coudes, son con tourné de mon côté ; elle entrouvrit les fesses de Vernol, en mouilla l'entrée et conduisit le vit de mon papa dans la route qu'elle lui avait préparée. Pendant qu'ils agissaient, elle chatouillait les couilles de l'un et de l'autre. Je tenais son con, j'y mettais le doigt, je la branlais ; bientôt ma main fut toute mouillée, ses transports, qui parurent les premiers, nous excitèrent vivement :

Vernol la suivit de près ; mon papa s'en aperçut, il hâta sa course qui m'était favorable ; je doublai mes mouvements, et nous tombâmes presque aussitôt dans la même extase : nos trois individus unis n'en faisaient pour ainsi dire plus qu'un, que Rose couvrait de ses baisers.

Revenus à nous-mêmes, nos caresses remplacèrent nos transports et remplissaient le temps que le plaisir nous laissait à parcourir ; elles nous remirent bientôt en état de le ramener à nous. Vernol avoua qu'il n'en avait jamais ressenti de pareil.

« Il faut l'avoir connu, dit mon papa, pour pouvoir en juger. Viens, ma chère Laurette, viens l'éprouver à ton tour. Vernol, moins fourni que moi, ne te procurera que des douceurs. Belle comme tu es, de quelque côté que ce soit il n'a rien à perdre. Nous bandons, viens dans mes bras. Rose fera pour lui ce qu'elle a fait pour moi, et branlera ton clitoris en arrière, par-dessous les cuisses. »

Je me jetai sur lui, je le mangeai de caresses. Rose introduisit son vit dans mon con ; elle ouvrit mon cul, elle mit le vit de Vernol dans sa bouche, elle en mouilla la tête ainsi que le passage où il devait entrer, et le conduisit elle-même.

Placée comme elle était la première fois, elle me branlait et caressait les fesses de Vernol, tandis que mon papa, le doigt dans son con, la branlait aussi. Le sublime. plaisir annonça bientôt sa présence, nous volions après lui, nous le saisîmes. Ah ! qu'il était grand ! Nous déchargions tous, nous étions inondés, le foutre ruisselait. Livrée aux plus vives sensations, j'étais dans un état convulsif. Après avoir été agitée comme un nageur qui se débat, un calme, non moins voluptueux que le plaisir, lui succéda. Ce resserrement, ce frottement dans toutes les parties délicates et sensibles, où se trouve le trône de la suprême volupté, me la fit connaître dans l'extrémité de son dernier période. Je ne pus mettre la parallèle avec cette journée, que celle où j'avais fait le sacrifice volontaire de mon pucelage.

Il fallut enfin se reposer ; nous nous assîmes, et nous les engageâmes de reprendre pour quelques instants leurs habits ; mais nous ne fûmes guère plus tranquilles : dans l'état où nous étions, nos yeux, nos mains, nos bouches, nos langues, tout rappela les désirs ; nous parlions foutaise ; nos tétons, nos fesses, nos cons étaient maniés, baisés ; nous les rendions, ces caresses, des vits et des couilles en étaient les objets. Bientôt les effets en parurent avec fierté, nous les ressentîmes aussi ; nous bandions tous encore, nos clitoris gonflés le démontraient aussi bien que la fermeté de leurs vits ; nous courûmes sur les traces du plaisir qui nous avait échappé ; nous le ramenâmes à nous pour le laisser fuir encore ; mais je voulus que Rose eût une part plus solide que celle qui lui était tombée jusqu'alors ;

je la fis coucher les genoux élevés ; mon papa se mit à côté d'elle et, passant ses cuisses par-dessous ses jambes qu'elle mit en l'air, son vit se trouvait pointé sur le but ; je me mis sur elle, sa tête entre mes genoux et entre ceux de Vernol qui me le mettait en levrette. Je mis le vit de mon papa dans son con ; il s'y perdait et reparaissait tour à tour ; il prenait nos tétons à l'une et à l'autre ; je la branlais, elle me rendait le même office ; mon con était sur ses yeux ; le vit de Vernol qui allait et venait, ses couilles qui se balançaient, formaient un spectacle enchanteur pour elle, qui produisit un tel effet sur ses sens que, dans le même temps que nous mîmes à chercher le plaisir pour le savourer, Rose avait déjà ressenti quatre fois ses attraits ; quatre fois ses élancements et ses transports, ses expressions : je me meurs, je décharge, nous en donnèrent des preuves certaines. Enfin, nos fouteurs de dessous se réunissant, Rose reçut, dans un cinquième et copieux épanchement de sa part, le foutre dont mon papa l'inonda. Leur plaisir excitant le nôtre, nous jouîmes presque en même temps qu'eux de ces enchantements que nous nous hâtions d'atteindre.

Rose se mourait : si elle chérissait le plaisir, celui-ci ne la fuyait pas ; elle en ressentait les effets des trois et quatre fois contre nous une ; son con était une source de foutre ; il lui causait un plaisir si vif qu'elle pinçait et mordait toutes les fois qu'elle le répandait. Enfin, elle tomba dans cet état d'anéantissement où l'on ne connaît et ne sent rien que l'excès des sensations délicieuses qu'il procure. Dès qu'elle en fut revenue, elle fit tant d'éloges de cette attitude que je voulus jouir à mon tour de la même perspective. Aussi, dès que nos forces furent rétablies, nous n'y changeâmes presque rien ; je pris seulement la place qu'elle occupait, elle se mit sur moi, Vernol la foutait. Ma tête entre leurs cuisses, je voyais tous leurs mouvements, et nous nous branlions l'une et l'autre, pendant que le vit de mon papa fournissait pour moi sa carrière.

Ce quatrième acte fini, nous étions fatigués, brisés, excédés ; nous avions grand besoin de réparer nos pertes. Nous nous relevâmes, mon papa fit redescendre la table et nous ranimâmes nos forces par les restaurants que nous prîmes. Le repos nous était bien nécessaire. Dès que la table fut relevée, nous nous couchâmes tous quatre, les uns sur les autres, nos bras et nos cuisses entrelacés, tenant chacun le cher objet de tous nos vœux et le divin moteur de nos plaisirs.

Après une bonne heure de sommeil, Rose, éveillée par un songe voluptueux, nous tira bientôt de l'espèce de léthargie où nous étions plongés. Nos caresses et nos baisers recommencèrent ; mais, loin de nous précipiter, nous badinions avec nos désirs pour en allonger la durée, en multipliant la jouissance, en retardant l'approche du plaisir : nous allions jusqu'à lui, nous le repoussions, il nous poursuivait. Rose l'avait déjà saisi deux ou trois fois ; à notre tour il nous atteignit aussi : il n'est pas sûr de jouer avec lui. Il fut enfin victorieux, et nous terminâmes cette journée par un cinquième acte dont Rose fut l'héroïne.

Couché sur mon papa qui l'enfilait par le grand chemin,

Vernol se présentait à la porte de derrière. J'avais pris l'attitude qu'elle avait tenue ; je mis tout en place et je lui rendais les mêmes services que j'en avais reçus, pendant que mon papa me prodiguait des caresses semblables ; mais, par un nouveau badinage, Vernol changeait de temps en temps de route : il quittait celle où je l'avais conduit pour aller s'accoler avec mon papa dans le chemin qu'il occupait. Rose trouvait admirable de les avoir ensemble : il était heureux pour elle que la même voie pût se prêter à deux de front ; mais, au dernier moment, Vernol reprit le sentier où je l'avais guidé et qu'il avait occupé d'abord.

Elle trouva ce dénouement divin et supérieur à tout ce qu'elle avait éprouvé jusqu'alors ; aussi s'écria-t-elle, dans son enthousiasme :

« Que je serais heureuse, et que la mort me serait douce si je perdais la vie dans un moment si délicieux ! »

Nous rîmes de son idée, et nous la trouvâmes bien analogue à son tempérament et à sa façon de penser.

Avant de reprendre nos vêtements, mon père découvrit de nouveau le bassin ; je fus enchantée de ce soin ; je m'y plongeai dans l'instant, ils m'y suivirent aussitôt. Je retirai l'éponge et j'introduisis de l'eau dans le lieu qu'elle avait occupé. Cette première ablution faite, nous la renouvelâmes et nous y rimes couler une essence qui nous embaumait. Ce second bain porta le calme et la fraîcheur dans tous nos sens. L'heure s'avançait, nous nous hâtâmes d'en sortir.

Après nous être rhabillés, nous rimes encore quelques tours dans les jardins. Enfin, nous remontâmes en voiture sur les huit heures, et nous rentrâmes en ville une heure après.

Depuis ce jour, et dans les premiers temps qui le suivirent, Rose ne cessait de me presser de répéter cette scène.

Je m'y prêtai d'abord. Peu après je ne me rendais que par complaisance pour elle qui, sur la fin, en était seule le coryphée. Enfin, elle me devint insipide, je l'aurais trouvée même à charge si mon papa n'eût été de la partie. Cette dégradation ne lui avait point échappé, il en fut enchanté.

Mon ivresse pour Vernol, que mes yeux et mes sens avaient seuls produite et où le cœur n'avait point de part, se dissipait tous les jours : soustraction faite de sa figure et de sa douceur, on ne trouvait plus rien en lui ; elle s'éteignit totalement et ne me laissa que des regrets ; je revins tout entière au penchant de mon cœur et à mon attachement qui, loin de diminuer, avait pris de nouvelles forces. Je regardais mon père comme un homme extraordinaire, unique, un vrai philosophe au-dessus de tout, mais en même temps aimable et fait pour toucher réellement un cœur ; je l'aimais, je l'adorais. Ah ! chère Eugénie, ce sont les qualités de l'âme qui, seules, nous fixent, nous enchaînent indépendamment des sens et coupent les ailes de notre inconstance naturelle. Les hommes qui réfléchissent n'y résistent point quand ils les rencontrent, et toute leur infidélité leur cède : enfin, j'étais le seul objet de sa tendre affection, comme il l'était de celle de mon cœur. Les événements qui suivirent achevèrent d'anéantir ces liaisons que j'avais déjà commencé de rompre.

Une aventure où Rose brisa plusieurs lances avec trop d'effronterie et d'imprudence acheva de m'aliéner d'elle et de Vernol, lorsqu'ils m'en eurent fait un détail que je sus tirer d'eux. Je fus convaincue que la délicatesse des sentiments n'habitait point leurs cœurs, et qu'ils n'avaient l'un et l'autre que ceux de la passion la plus effrénée et la plus indiscrète. Cette manière d'être et de penser n'étant point uniforme avec la mienne, je fus entièrement décidée sur leur compte.

Je t'ai déjà dit que je ne les voyais plus aussi souvent, ce qui les engageait à chercher de leur côté tous les amusements qu'ils pouvaient se procurer : la promenade en faisait partie. Vernol, conduisant un jour Rose dans un jardin public, rencontra quatre de ses camarades de collège, dont le plus âgé avait à peine vingt ans. Reconnaissance, essor de joie, embrassades, questions multipliées : d'où viens-tu ?

Que fais-tu ? Où vas-tu ? Quelle est cette belle ? La réponse à la dernière demande donna lieu à nos jeunes gens de faire des révérences et des compliments qui, sûrement, ne déplaisaient point à Rose. Satisfaits sur les autres points, ils se déterminèrent à engager Vernol d'être de leur partie.

Il était question d'aller hors de la ville se régaler d'une collation dans quelque endroit commode ; ils n'essuyèrent point de refus de la part de Vernol, et encore moins de Rose : ils partent.

Dans les premiers transports de joie, nos jeunes gens avaient oublié les conventions qu'ils avaient prises ensemble, mais le plus âgé, en même temps le plus rusé par ce que tu vas voir ensuite, ne les avait pas perdues de vue. Il tenait Rose avec un autre sous les bras, les petits propos, les cajoleries, les expressions énigmatiques, allaient leur train. On était encore dans la belle saison ; on marchait assez vite. En arrivant, on monte dans une chambre ; Rose avait chaud, elle se jeta sur un lit, découvrit sa gorge, et laissait pencher une jambe qu'elle savait avoir bien faite ; aussi en reçut-elle des éloges qui l'enivraient. On fit apporter mets, vins et liqueurs de diverses sortes ; les têtes commencèrent à s'échauffer : Rose sablait, tous en faisaient autant. Dans cette disposition, les propos, les chansons s'égayèrent, la liberté s'en mêla, les baisers trottaient ; le feu prit, et l'incendie se communiqua. Le plus âgé, plus hardi et plus expérimenté que les autres, prit Vernol dans une embrasure et lui fit part des conventions qu'ils avaient faites avant de partir. Vernol ne put s'empêcher d'en rire de tout son cœur. Rose, curieuse à son ordinaire, voulut absolument savoir ce qui lui en donnait lieu : elle l'appela, le pressa ; il ne fit pas de difficulté de lui raconter que ses camarades étaient convenus entre eux, avant de les avoir rencontrés, que celui des quatre qui aurait le vit le plus petit paierait pour tous la bonne chère, et que celui qui l'aurait le plus gros ferait présent de ce qui serait bu.

Dans les transports, les éclats de rire et les élans que ce récit fit faire à Rose, elle s'agita de façon, en levant une jambe, qu'elle fît voir presque tout ce qu'elle avait de caché, et, dans ce premier mouvement, elle s'écria :

— Qui donc en sera le juge ?

— Vous-même, lui dit le plus effronté, croyant bien que Vernol lui avait rendu compte de ce qu'il avait appris.

Rose, animée par le vin et par une idée aussi flatteuse pour elle, répondit que, certainement, elle serait le meilleur juge et plus en état d'en décider qu'aucun d'eux. De ce moment, on ne se gêna plus ; les expressions les plus hardies, accompagnées de vin et mêlées de caresses, passaient de bouche en bouche. Rose, comme un vaillant champion, tenait tête à tous ; mais elle se préparait d'autres assauts qui l'intéressaient davantage et, voulant en venir au plus tôt à des effets où elle trouvait plus de solidité, elle appela Vernol et, lui passant un bras autour du cou, elle pencha sa tête sur ses tétons qu'elle lui faisait baiser puis, coulant sa main plus bas, elle s'empara de son vit ; lui, de son côté, glissant la sienne sous ses jupes se saisit de son con. Ses jupes à demi soulevées ne laissaient rien apercevoir encore, mais, relevant un genou, elle facilita la découverte de ce centre du plaisir. Cette vue les anima de telle sorte qu'ils l'entourèrent, l'un lui prenant une fesse, l'autre une cuisse, un autre les tétons, chacun en tenait un morceau. Rose, faisant relever Vernol, leur demanda, en leur montrant son vit qu'elle tenait, s'ils pouvaient lui faire voir quelque chose de pareil. Chacun mit aussitôt les armes à la main : elle eut alors le spectacle enchanteur à ses yeux de voir à la fois cinq vits bandés, fiers et menaçants, qui lui proposaient le combat quoique certains d'être vaincus.

Rose, aussitôt se relevant et s'asseyant sur le lit, les genoux relevés et écartés, le lieu de la joute totalement à découvert et présentant la bague :

« Je pourrais, dit-elle, décider la question au coup d'œil ; mais puisque je dois juger je veux y procéder avec tout le scrupule possible, et même y joindre, s'il le faut, une mesure qui m'est propre. Cependant commençons. »

Elle les fit ranger tous cinq en leur faisant mettre toutes pièces à découvert et, prenant son lacet, elle les mesura avec la plus grande exactitude, tant en longueur qu'en grosseur, soupesant même avec attention leurs dépendances.

Le maniement de tous ces vits fit une telle impression sur elle que, se laissant aller sur le dos et donnant deux ou trois coups de cul, elle leur fit connaître qu'elle déchargeait.

Tous voulaient, dans cet instant, monter sur elle, mais elle les arrêta :

« Je veux avant, dit-elle, prononcer mon jugement. »

Le plus âgé fut tenu de payer les vins et les liqueurs ; Vernol aurait été chargé du restant s'il n'eût été par tous exempté des obligations de la convention dont il n'était pas. Ce fut au second, presque du même âge que le premier, que cette chance tomba, n'étant guère mieux fourni que Vernol. Il était d'une figure agréable, et Rose, pour dissiper le chagrin qu'il témoignait, lui promit qu'il serait le premier à passer aux épreuves. Elle les désirait avec passion : tous ces vits, toutes ces couilles l'avaient mise en fureur. Ils la prièrent de les y admettre ; elle ne se fit pas presser et, se renversant sur le lit, elle tendit la main à celui auquel elle l'avait promis, qui, sautant sur elle, enfonça sur-le-champ son dard dans l'anneau qu'elle présentait ; Vernol le suivit et les trois autres à leur tour selon la gradation qu'elle avait observée. Rose, enchantée, arrosée de foutre, nageait dans le plaisir : sans cesse déchargeant, à peine avait-elle le temps de respirer ; l'un n'avait pas plus tôt quitté la place que l'autre aussitôt y rentrait.

Enfin, il fallut se reposer un moment. On était fort échauffé : boire, rire et caresser remplirent les entractes.

Rose était toute livrée aux baisers et aux mains fourrageuses de ces cinq fouteurs. Ils ne purent la souffrir plus longtemps couverte du moindre voile ; bientôt elle fut mise dans l'état où étaient les trois déesses au jugement de Pâris.

Tous, jeunes et vigoureux, ne la virent pas plus tôt ainsi que leurs désirs se montrèrent plus furieux. Rose aurait cédé volontiers la ceinture de Vénus pour une guirlande de cons afin de les recevoir tous à la fois, à moins que cette ceinture de la mère des Amours ne fût de cette espèce.

Mais, n'en pouvant avoir que deux, elle changea la scène en faisant mettre le plus gros et le plus long couché sur le lit, la tête au pied ; elle se mit sur lui, les tétons appuyés sur sa bouche ; le moins avantagé se mit sur elle entre leurs cuisses ; chacun prit la route qui lui était présentée ; de chaque main, elle tenait le vit des deux autres, et réserva Vernol, dont elle prit le hochet entre les lèvres, qu'elle chatouillait et suçait du bout de sa langue.

Enfin Rose, au milieu du foutre qui ruisselait de toutes parts, demeura victorieuse après qu'ils se furent présentés entre eux vingt-deux fois au combat, qu'elle eut arrosé trente-neuf fois par elle-même le champ de bataille. Elle était excédée mais ivre de plaisir.

Je la vis le lendemain ; je la trouvai mourante, les yeux languissants et abattus. Surprise de la trouver dans cet état, je la questionnai avec adresse, et je la pressai tant qu'elle et Vernol me firent enfin l'aveu de cette orgie.

Je ne me mêlai pas de leur donner des conseils, je voyais trop combien ils seraient inutiles ; je ne daignai pas même les blâmer. Aussi je ne mets pas en doute qu'elle ne l'ait renouvelée aussitôt qu'elle l'a pu ; mais je ne me mis plus à même de l'apprendre, et de ce jour je ne les vis plus.

Rose, livrée sans frein à la passion furieuse dont elle faisait l'idole de son bonheur, à la fin y succomba. Ses règles n'avaient point paru ; elle ne fut pas longtemps sans essuyer un épuisement total, suivi de vapeurs affreuses. Sa vue s'en ressentit, elle ne ressemblait plus qu'à une ombre ambulante. Sa gaieté fut totalement perdue et un dépérissement, produit par une fièvre lente, la conduisit enfin au tombeau.

Vernol, qu'elle avait jeté dans le même excès, fut saisi d'une fièvre putride dont il eut beaucoup de peine à revenir, et, peu de mois après son rétablissement, la petite vérole lui fit essuyer des ravages qui le défigurèrent totalement. Il fut encore très mal et ne fit que languir depuis.

Mon père avait prévu tous ces événements ; nous nous entretenions souvent sur ce sujet. Je sentis mieux que jamais le prix de ses soins, et mon cœur avait peine à soutenir les épanouissements qu'il ressentait pour lui.

Nous nous ménageâmes de plus en plus : plus tendres, plus voluptueux et délicats que passionnés, nous passions souvent des nuits dans les bras l'un de l'autre, sans autre plaisir que celui d'y être, accompagné de douces caresses.

Quelquefois, rappelant à ma mémoire ce qui s'était passé, le souvenir m'en donnait un vrai chagrin ; et dans une de ces nuits heureuses où mon cœur plein de lui jouissait de toute sa félicité, il m'échappa de le lui faire connaître : j'en versais des larmes.

— Qu'as-tu donc, ma chère Laurette ? Pourquoi répands-tu des pleurs ? Tes joues viennent d'en mouiller les miennes.

— Ah ! cher papa, vous ne devez plus m'aimer, vous ne pouvez plus estimer votre fille. Je ne peux concevoir comment, dépendante de vous et de vos volontés, vous avez pu vous prêter aux écarts et aux extravagances d'une imagination fascinée, et permettre que je m'y livre.

(Discours du père.)

« Es-tu folle, ma chère enfant ? Crois-tu que je fasse dépendre mon estime et mon amitié des préjugés reçus ? »

Qu'importe qu'une femme ait été dans les bras d'un autre

amant si les qualités de son cœur, si l'égalité de son humeur, la douceur de son caractère, les agréments de son esprit et les grâces de sa personne n'en sont point altérés, et si elle est encore susceptible d'un tendre attachement ?

Crois-tu qu'elle ait moins de prix qu'une veuve, à mérite égal, sur qui l'on aura jeté quelques gouttes d'eau et marmotté des paroles pour lui permettre de coucher avec un homme au su de tout le monde, et d'en promener les fruits avec ostentation ? Dis-moi, n'en a-t-elle pas plus que tant de veuves, et même de prétendues filles dont le mérite est inférieur ? Les femmes sont-elles donc comme les chevaux, auxquels on ne met de prix qu'à proportion qu'ils sont neufs ? Écoute mes principes, ma chère fille, je serai satisfait s'ils peuvent te tranquilliser et te persuader que je t'aime aussi tendrement et que je ne t'estime pas moins qu'auparavant. " Rien ne me surprend si peu que de voir faire une infidélité, quoiqu'on ait le cœur rempli d'une affection bien tendre pour un objet qu'on chérit uniquement ; j'en suis un exemple pour toi. Je t'aime, ma Laurette, et mon amour est né presque avec toi ; je peux même assurer que tu avais à peine sept ans que je n'aimais uniquement que toi ; tu remplis entièrement mon cœur. T'en ai-je moins fait infidélité avec Lucette, avec Rose et même avec Vernol ? Crois-moi, cette action, qui tient à la constitution de nos organes, est trop naturelle pour n'être pas pardonnable, tandis que l'inconstance, qui provient du sentiment, ne me le paraît pas lorsque l'objet auquel nous sommes engagés par les liens de l'estime, de la bonne foi, de la reconnaissance, et par son attachement, ne nous en donne pas lieu. Encore faut-il des sujets très graves pour autoriser un dégagement entier : comme la méchanceté du cœur, l'aigreur dans le caractère et l'emportement journalier dans une humeur récalcitrante. Mais j'ai supposé un choix heureux : alors l'inconstance, suivant moi, décèle un cœur léger, ingrat, perfide et mauvais ; je n'en ferais jamais un ami. Tout homme capable de perfidie et d'inconstance pour une femme qui a de la délicatesse dans les sentiments, et un esprit agréable et cultivé, qui s'est livrée à lui et à sa discrétion, est toujours perfide et inconstant pour son ami.

Mais l'infidélité passagère ne démontre qu'un tempérament susceptible d'irritation, que souvent le besoin, l'occasion, ou même des circonstances imprévues auxquelles on ne peut se refuser, engagent à satisfaire.

Nous sommes composés de contradictions apparentes, la volonté n'est souvent pas d'accord avec nos actions parce qu'elles ne dépendent pas d'elle ; souvent nous ressentons des impulsions qui conduisent à des résultats qui paraissent contradictoires, quoiqu'ils partent cependant de la même source ; et celui qui a reconnu un sixième sens dans le centre de nos individus en connaissait bien la nature. En effet, dépend-il de notre volonté de le faire agir ou non ? Il n'est point soumis à ses lois. Tout en nous, au contraire, l'est à notre organisation et à la fermentation des liqueurs qui la mettent en mouvement. Rien ne peut s'y opposer, ni les changer, que le temps seul qui détruit tout. C'est à cet ensemble, qui compose chaque être différent, que se rapportent les variétés qu'on y découvre, et c'est encore du sort donné à chacun d'eux qu'ils tiennent cet ensemble, qui s'y rapporte avec une liaison parfaite.

Nos sens éprouvent, dans l'union des sexes, des impressions dont nous ne sommes pas les maîtres. Tel objet frappe, séduit, inspire des désirs aux uns, qui ne produit rien sur les autres, quoique réellement agréable : j'en ai vu bien des exemples. Sommes-nous affectés par un objet ?

Tout nous y traîne ou nous y porte ; quelquefois nous haïssons son humeur et son caractère, cependant il fait naître en nous l'idée d'un plaisir vif, nous en sentons l'effet ; le sixième sens s'élève, nous désirons, nous voulons en jouir à quelque prix que ce soit, sans avoir le dessein de nous y attacher, et souvent on le fuit après l'avoir possédé. En un mot, attachements solides, goûts passagers, tout est dans le cercle que nous avons à parcourir. Si nous trouvons de la résistance à nos poursuites, l'amour-propre vient se mêler de l'entreprise, et l'on emploie plus de souplesses et de moyens réunis pour vaincre cette résistance que pour attaquer ceux qu'on estime et qu'on chérit le plus. Enfin, la volupté, l'ambition et l'avarice, passions qui, du plus au moins, mènent et maîtrisent tous les hommes pendant leur vie, nous déterminent et nous entraînent nécessairement dans un enchaînement de circonstances qui forment le tissu dont notre existence est enveloppée. Et fais-y bien attention, ma Laure, ces trois mobiles, qu'on pare souvent de voiles brillants et de noms adoucis, sont les seuls qui mettent en mouvement les humains et qui les gouvernent :

tels individus par un, par deux, tels autres par tous les trois ensemble, suivant la marche qui leur est tracée et la carrière qu'ils ont à parcourir.

Si l'on a reçu de la nature et du rôle qu'on doit faire un cœur susceptible d'une passion forte et durable, d'un attachement tendre et délicat, c'est l'analogie des humeurs et des caractères qui les approche et les unit. L'idée du plaisir est plus éloignée ; on en est moins affecté que de l'intimité d'une union remplie de douceurs et d'agréments, qui allie les esprits et les goûts. On est méprisable de relâcher, par sa faute, des liens de fleurs que vivifie et entretient l'aménité ; aussi ces chaînes sont-elles bien difficiles à rompre, et cette modification dans les individus a des influences bien plus déterminées. On y mêle, il est vrai, les sensations du plaisir ; mais leur genre a quelque chose de différent. Il est un âge où tout ce que je te dis, ma chère Laurette, paraît une fable ; cependant il est puisé dans la nature.

Arrive enfin, à pas plus ou moins lents, l'habitude qui, sans éteindre les sentiments, sans détruire ces liens aimables, émousse néanmoins cette pointe de volupté, amortit cette vivacité de désirs qu'un nouvel objet fait renaître ; désirs qui semblent ajouter à notre existence et faire mieux sentir le prix et les charmes de la vie dont on jouit ; mais on n'en est pas moins fixé : si l'on peut avoir assez de raison et de fermeté pour sacrifier une fantaisie, un caprice, un écart momentané qui pourrait détruire l'accord d'une union intime, il n'y a pas à balancer ; mais la jalousie qui vient y jeter ses serpents ne la détruit-elle pas plus encore que cette infidélité passagère ? Et n'est-il pas nécessaire que, de part et d'autre, on sache se prêter sans humeur et sans tracasseries aux lois imposées par la nature, dont la puissance est invincible ? Écoutons sa voix, elle parle partout : ne fermons point nos yeux, ne bouchons point nos oreilles et notre entendement à ce qu'elle prononce et démontre ; elle annonce en tout la variété, et même que tout finit. Pourquoi se plaindre d'une loi qui ne peut être éludée, à laquelle nous sommes absolument soumis, et aussi despotique que celle de la destruction qui anéantit la modification de notre être ? L'amour-propre et ce fatal égoïsme nous y font résister. Eh bien ! qu'on ne la seconde pas, cette loi, elle n'en a pas besoin ; mais qu'on détourne la vue sans aigreur.

Beaucoup de nations, plus près de ses principes, moins écartées de ses impressions primitives, en suivent bien mieux l'impulsion que nous qui, à force de polissure, sommes si éloignés de ses premières notions.

Jette les yeux, ma chère Laure, sur toutes les espèces d'animaux répandus sur notre globe : voit-on les femelles enchaînées aux mâles qu'elles ont eus l'année précédente ?

La tourterelle, dont on fait une peinture qui n'est si touchante que parce qu'elle éveille et pique notre amour propre, ne reste dans le même ménage que jusqu'au temps où sa famille n'a plus besoin d'elle ; souvent le même été la voit choisir un nouveau favori. Cherche d'autres exemples, ils sont tous pareils. Consultons la nature, quels ont été son but et ses desseins ? La reproduction des êtres ; et elle n'a imprimé tant de plaisir dans l'union des sexes que pour y parvenir d'une manière agréable et, par conséquent, plus sûre. Le plaisir est même si dominant dans notre espèce que, souvent, il nous fait agir malgré nous. Si je me suis détourné de ce but avec toi, nos coutumes et nos préjugés m'en ont imposé l'obligation absolue ; mais ce dessein est si marqué qu'un homme bien constitué peut, en jouissant de plusieurs femmes fécondes, se reproduire autant de fois qu'il en aura connu. Si, dans ces deux sexes, on trouve des individus qui ne répondent pas à ses vues, c'est une erreur passagère de constitution qui ne détruit pas les lois générales.

J'avoue que cette faveur faite aux hommes ne rejaillit pas sur les femmes ; elles ne peuvent ordinairement produire qu'un seul être ; plusieurs hommes n'en feraient pas éclore davantage, et, souvent même, un mélange trop prompt détruirait le germe fructifiant s'il n'avait pas été bien fixé ; sans compter encore les fâcheux effets qui résulteraient d'un mélange diversifié et très prochainement successif. Cependant, si le premier germe avait pris de profondes racines, et qu'à quelque temps le même homme ou un autre anime et vivifie un nouveau germe, elles peuvent produire un second fruit, et même un troisième ; mais ces cas ne sont pas dans le cours commun de la nature pour notre espèce.

Si cette nature a comblé les hommes de faveurs, elle n'a pas été tout à fait injuste ni marâtre avec elles : les femmes portent un vide qu'une nécessité perpétuelle, un appétit indépendant d'elles les porte à remplir. Si l'un ne le peut ou ne le veut pas, un sentiment plus fort qu'elles et que tous leurs préjugés en appelle un autre ; mais le choix dépend de leur goût. En effet, pourquoi vouloir absolument qu'elles souffrent les approches et les caresses de tel objet qu'elles abhorrent ? Que peut produire une union qu'elles détestent et qui les révolte ? Rien, ou des avortons qu'elles ont en horreur. Combien en voit-on d'exemples ? C'est dans de pareilles conjonctures, qui ne sont que trop multipliées, que le secours d'une désunion entière serait bien nécessaire. Elles tiennent de leur existence et de leur constitution le droit de choisir, et même de changer si elles se sont trompées. Eh ! qui ne se trompe pas ? Enfin, c'est ce droit né avec elles qui les rend plus inconstantes que les hommes, qui tiennent des lois générales d'être plus infidèles.

S'il est en elles, par la constitution de leur sexe, un degré de volupté plus grand, un plaisir plus vif ou plus durable que dans le nôtre, qui les dédommage en quelque sorte des accidents et des peines auxquels elles sont soumises, quelle injustice de leur en faire un crime ! leur tempérament dépend-il d'elles ? De qui l'ont-elles reçu ? Leur imagination, plus aisément frappée et plus vivement affectée en raison de la délicatesse et de la sensibilité de leurs organes, leur curiosité excessive et ce tempérament animé leur présentent des images qui les émeuvent violemment, et qui les obligent de succomber d'autant plus aisément que le moment présent est, en général, ce qui les remue avec le plus d'énergie. " Écartons donc la contrainte produite par la jalousie, enfantée par l'amour-propre et l'égoïsme ; elles reviendront bientôt d'elles-mêmes et sauront, mieux que les hommes, connaître leurs pertes. Il se trouvera, sans doute, des exceptions, mais où n'y en a-t-il point ? D'ailleurs, mériteront-elles des regrets ? Apprenons donc à nous prêter à leur essence, rendons plus léger le joug qui leur est imposé, chargeons de fleurs les liens dans lesquels elles sont engagées, pour captiver leur esprit, subjuguer leur cœur et fixer l'inconstance qu'elles ont reçue de la nature. Passons-leur une infidélité, s'il est nécessaire, pour ne point les aliéner, ce qui arriverait bientôt, sans doute, si les chaînes leur paraissaient trop pesantes et trop resserrées ; sans cela, cette belle moitié du genre humain serait trop malheureuse. Mais ce qu'il y a de singulier c'est que, si ces principes ne sont point autorisés, ils n'en sont pas souvent moins suivis en beaucoup de parties et dans bien des climats.

— Mais, cher papa, si les femmes n'ont pas reçu, comme les hommes, un droit à l'infidélité, pourquoi voit-on un nombre d'entre elles qui, non seulement s'arrogent une telle prétention, mais encore qui la portent beaucoup plus loin puisqu'elles la poussent jusqu'à la publicité ? Il faut donc que ce penchant tienne autant à la constitution de notre sexe qu'à celle du tien.

— Erreur, ma fille : dans ton sexe, c'est un écart excessif des lois générales de la nature, dans lequel les individus sont portés ou entraînés par un assemblage de circonstances où il entre souvent de la nécessité, où, souvent aussi, le penchant n'entre pour rien et dans lequel la plus grande partie ne reste que par les mêmes circonstances dont la chaîne se perpétue, ou par fainéantise, habitude, gourmandise, mépris d'elles-mêmes, et tant d'autres raisons que je ne peux te détailler. Tu vas voir, par les effets qui en résultent, que la nature même s'y oppose fortement puisque cet écart, poussé jusqu'à son dernier période, emporte avec lui des malheurs, des maux affreux, des suites fâcheuses et tout ce qu'on peut imaginer de plus funeste. Effets qui ne sont point produits par l'infidélité des hommes qui ne voient point de femmes publiques.

Je dois, en premier lieu, te faire une comparaison qui te rendra plus sensibles et plus claires ces lois générales de la nature. Que, dans vingt vases différents, on verse une même liqueur, qu'on la survide dans le vaisseau d'où elle est sortie, elle ne change point de nature, elle sera tout au plus affaiblie par la transvasion si elle est spiritueuse. Mais que, dans un même vase, on verse vingt liqueurs différentes et hétérogènes, il s'établit une fermentation qui change la combinaison naturelle de ces liqueurs ; qu'on vide ce vase sans le rincer ni l'essuyer, les parois, infectées de la liqueur fermentée, suffiront pour insinuer un levain qui changera l'essence d'une seule des vingt qu'on remettrait dedans ; ou qu'on prenne une goutte de cet assemblage fermenté, et qu'on la mette dans le vaisseau qui en contient une seule, l'effet en sera le même.

De cet exemple, voici les conséquences : qu'un homme sain se joigne à plusieurs femmes, il ne peut en résulter aucun mal ; c'est la même liqueur versée dans plusieurs vases. Mais qu'une femme, fût-elle même très saine, s'unisse à plusieurs hommes coup sur coup qui ne seraient pas infectés, cette diversité de semence produira, par la fermentation aidée et accélérée par la chaleur du lieu, les effets les plus dangereux.

Qu'une fille, une femme jeune, jolie, libre et indépendante, mais de la lie du peuple et, par conséquent, sans éducation, sans soin, sans propreté, sans précaution, se trouve abandonnée à là publicité, soit par son propre besoin, soit par celui de vieilles coquines qui, fondant sur ses appas leurs avantages, la dirigent et l'entraînent dans cette affreuse conduite, soit par les suites d'un engagement où la séduction des hommes l'aura jetée, soit enfin par tempérament ou libertinage de caractère, reçoive plusieurs hommes en un jour et presque à la suite l'un de l'autre, il est constant qu'elle ne tardera pas à être infectée : ce sont différentes liqueurs versées dans un même vase ; elle peut même être sujette à des fleurs blanches très âcres, à des reliquats de règles de mauvaise qualité, à des ulcères de matrice. Les semences de ces différents hommes, qui sont hétérogènes, soit par la diversité du tempérament des individus, soit par la prodigieuse différence qui se trouve dans l'état de leur santé, — tels que ceux qui ont des maladies cutanées qui les rendent encore plus âpres auprès des femmes, tels encore que ceux qui ont des maladies habituelles qui n'ôtent point la puissance génératrice, et autres de cette espèce —, mêlées les unes avec les autres dans le même lieu, où déjà se trouve quelquefois en lui-même une liqueur viciée ou tout au moins en disposition de l'être, ces semences fermentent avec plus d'aisance et de promptitude par la chaleur, s'aigrissent, se tournent en acide et deviennent un poison d'autant plus subtil que la matière qui l'a produit l'est elle-même ; ce qui prouve que les femmes ne sont point faites pour être infidèles, et encore moins pour la prostitution.

D'après ce résumé, qui tient à la saine physique, à la raison et à l'expérience, il est certain que, du moment où il s'est trouvé des femmes livrées à cet abandon général, la contagion a dû se développer dans les sources de la vie.

Ce qui n'est malheureusement que trop général, et, de la plus vile populace où elle a probablement commencé, elle est montée jusques aux grands.

Mais puisqu'elle existe en action ou en puissance, il est sans doute nécessaire que des hommes éclairés, remplis de connaissances appuyées d'une longue expérience, cherchent tous les moyens de l'arrêter dans son principe, et les communiquent lorsqu'ils les ont trouvés. Il y en a, ma chère Laure, de ces hommes bienfaisants qui, sans redouter le blâme et les cris des sots, sont utiles, non seulement à leurs contemporains mais encore à la postérité, en découvrant sans fard et sans déguisement tout ce qu'ils ont acquis pour prévenir et parer aux accidents qui résultent de la prostitution des femmes.

C'est encore ici, ma Laurette, un des avantages de l'éponge. Mais elle ne suffit pas seule ; il s'agit de l'imbiber avant d'une liqueur où se trouve répandu un sel dont la ténuité est infinie, qui, par ses préparations étant un alcali puissant, s'unit avec précipitation aux sels acides de la liqueur viciée, absorbe dans l'instant leur action, en détruit la nature, les réduit au moment même en sels neutres et préserve par conséquent de contagion dans l'union des sexes dont l'un ou l'autre serait infecté.

Qu'une femme trempe l'éponge dans cette eau composée, qu'elle se l'introduise, elle peut sans risque s'unir de suite à plusieurs hommes ; elle peut même recevoir un homme malsain ; ou, dans le cas de la contagion, ayant soin, pour plus de sûreté, de la retirer avec son petit cordon aussitôt qu'il est dehors, de se laver et de s'injecter de la même eau, ou bien de remettre à chaque fois une éponge imbibée de la même composition ; on peut ensuite laver ces éponges dans une quantité assez étendue d'eau simple, et s'en servir de nouveau en les retrempant dans l'eau composée.

Si c'est un homme sain qui se joint à une femme qui ne l'est pas, il peut de même lui introduire cette éponge trempée de cette composition, ayant attention, quand il sera dehors, de tremper le membre décalotté dans cette eau qu'on aura soin de mettre dans un vase de verre, de faïence ou de porcelaine. Et, pour plus de sûreté, il en fera couler par injection dans le canal, avec une petite seringue d'ivoire, et non de métal. S'il était d'une sensation très délicate dans cette partie, cette eau composée serait coupée par moitié avec de l'eau de rose ou de plantain. Je ne te dis rien, ma chère Laure, dont je ne sois très assuré par nombre d'expériences.

Je pourrais, ma chère Laure, t'apporter encore nombre d'autres raisons pour te prouver que la nature n'a pas donné le même droit aux femmes pour être infidèles ; mais il est constant qu'elle a mis dans leur cœur et dans leur manière d'être plus d'inconstance que dans notre sexe. On est fort heureux, quand un objet nous touche sensiblement, de ne pas essuyer cet événement, et, dût-il nous en coûter quelque chose, il faut savoir faire un petit sacrifice pour éviter une perte totale.

(Fin du discours du père.)

Dieux ! chère Eugénie, qu'il lisait bien dans notre cœur !

Tu l'avoueras sans doute avec moi. Il dégagea mon âme, par cet exposé de ses sentiments, d'un poids qui la surchargeait ; il lui rendit sa tranquillité et la remplit d'une joie parfaite. Je voulais cependant encore éclaircir un soupçon que nos scènes de la campagne m'avaient donné, et je souhaitais qu'il se vérifiât pour ôter tout retour aux regrets que j'avais éprouvés ; mais je n'eus pas lieu de tirer cet avantage de la demande que je lui fis :

— Je désire, cher papa, te faire une question sur laquelle je te prie de me satisfaire sans déguisement.

— Quoi donc ? ma Laurette, pourrais-je en avoir pour toi, et te donner cet indigne exemple après avoir cherché moi-même à te rendre toujours sincère ? Parle, la vérité dans ma bouche ne sera pas même fardée.

— Quand nous avons été la première fois à la campagne avec Rose et Vernol, après t'avoir entendu dire à quelle condition tu te prêtais à ma folie, je me suis persuadée que la vue des grâces de ce beau garçon avait fait naître tes désirs comme il avait excité les miens, et que, pour en jouir, tu avais consenti de céder aux siens en exigeant cette obligation de lui. Ma persuasion était-elle fondée ?

— Que tu t'es trompée, ma chère enfant ! j'avais des désirs, il est vrai, tu en voyais les signes certains. Eh ! qui n'en aurait pas eu ? Mais les attraits et les charmes répandus sur toute ta personne en étaient les principaux mobiles ; la scène y ajoutait, mais Vernol n'y était pour rien. Je t'avoue même que le goût de beaucoup d'hommes pour leur sexe me paraît plus que bizarre, quoiqu'il soit répandu chez toutes les nations de la terre ; outre qu'il viole les lois de la nature, il me paraît extravagant, à moins qu'on ne se trouve dans une disette absolue de femmes ; alors la nécessité est la première de toutes les lois. C'est ce qu'on voit dans les pensions, dans les collèges, dans les vaisseaux, dans les pays où les femmes sont renfermées ; et ce qu'il y a de malheureux, ce goût, une fois pris, est préféré. Je ne vois pas du même œil celui des femmes pour le leur ; il ne me paraît pas extraordinaire, il tient même plus à leur essence, tout les y porte, quoiqu'il ne remplisse pas les vues générales ; mais au moins il ne les distrait pas ordinairement de leur penchant pour les hommes. En effet, la contrainte presque générale où elles se trouvent, la clôture sous laquelle on les tient, les prisons dans lesquelles elles sont renfermées chez presque toutes les nations, leur présentent l'idée illusoire du bonheur et du plaisir entre les bras d'une autre femme qui leur plaît ; point de dangers à courir, point de jalousie à essuyer de la part des hommes, point de médisance à éprouver, une discrétion certaine, plus de beautés, de grâces, de fraîcheur et de mignardises.

Que de raisons, chère enfant, pour les entraîner dans une tendre passion vis-à-vis d'une femme ! Il n'en est pas de même à l'égard des hommes, rien ne les y porte ; en général, ils ne manquent point de femmes, le chemin qu'ils recherchent n'est pas moins semé de dangers que celui qu'ils fuient dans les femmes ; enfin, il me paraît contraire à tout, et tu dois te souvenir, que c'est l'unique fois que j'aie agi de même avec Vernol. Si ce goût recherché me paraît plus que bizarre avec les hommes, ne pense pas que je le regarde de même avec les femmes : un homme mal fourni dans un vaste chemin est obligé de chercher la voie étroite pour répandre, après, la rosée bienfaisante dans le champ qu'il doit ensemencer. Mais il y a plus : il existe des femmes qui ne peuvent être aimées que par ce moyen, et, chez elles, l'entrée du sentier est presque toujours exempt d'épines.

Voici donc les raisons de ma conduite avec Vernol : mon amour et ma complaisance, tous deux extrêmes pour toi, ma façon de penser exempte de préjugés, le vif désir de te plaire de toute façon et de posséder ton affection entière, enfin la différence que je souhaitais que tu connusses entre les divers sentiments des hommes (car tu as dû juger que la passion de Vernol n'avait pour but que la jouissance), tous ces motifs m'ont fait condescendre à des désirs que tu aurais pu satisfaire à mon insu si j'avais pris d'autres moyens ; désirs enfin qui t'auraient engagée à me regarder, dans ton cœur, comme un tyran jaloux si je m'y étais opposé, et j'aurais perdu pour jamais ta tendresse et ce cœur dont seul je suis jaloux ; mais je ne voulais pas, en te souffrant entre les bras de Vernol, qu'il s'autorisât de ma complaisance pour toi et qu'il s'en fit un titre pour penser intérieurement, ou pour parler, d'une manière désavantageuse. Je désirai qu'il ne pût même, ainsi que Rose, songer au bonheur qu'il avait trouvé dans tes bras sans se souvenir, en même temps, qu'il l'avait payé de sa personne, et que cette réflexion fût un frein pour ses idées et pour sa langue. Je le fis avec d'autant plus de raison qu'en général, dans la jouissance des femmes, les hommes ne sont guère prudents ni discrets. Pour ajouter encore une preuve de ma franchise et de mes vues réelles, c'est que Rose, de ce côté-là, n'a pas reçu de ma part une pareille offrande, quoique cela soit plus naturel avec une femme, comme je te l'ai déjà dit, et que même elle y gagne presque toujours : mais elle ne m'était pas nécessaire ; et malgré que ce fût la première fois qu'elle en eût essayé, j'ai laissé ces prémices à Vernol. Juge de là si tu t'es trompée.

Je pris mon papa dans mes bras, je le serrai contre mon cœur, je le pressai contre mon sein, je l'étouffais :

« Cher et tendre papa, je sens plus que jamais jusqu'où s'étendent tes bontés et ton amour pour ta Laurette. Tous les moments de mes jours seront désormais consacrés à te prouver le mien. Mes soins, ma complaisance, mes plus secrètes pensées dont je te ferai part, enfin la constance et la fidélité de ma tendresse pour toi en seront des témoignages continuels et des preuves certaines. Des baisers et des caresses sans nombre en furent les gages. »

Je jouissais avec lui, depuis près de quatre ans, d'une tranquillité douce et charmante ; j'en faisais toute ma félicité : prévenante et prévenue, caressante et caressée, mes jours étaient filés par le plaisir et le bonheur quand, au bout de ce terme, il fut troublé par la mort de Lucette. Son souvenir m'était toujours bien cher, il était le fruit de la sincère amitié que nous avions l'une pour l'autre, en tout sa conduite avait été guidée par la tendre affection qu'elle avait pour mon père et pour moi. J'avais trop bien connu la différence qu'il y avait entre elle et Rose et je mettais à son attachement un tout autre prix. Mais la perte que je faisais était un préparatif aux tourments et aux noirs chagrins que je devais essuyer. Quel récit exiges-tu de moi, chère Eugénie ? Pourquoi renouveler ma douleur ? Mon cœur se déchire encore au souvenir de mon infortune ; les mêmes angoisses se font sentir avec une force pareille au moment de ce détail. Non, je ne puis passer outre… ”

Je reprends, trop chère amie, ce fatal et cruel récit que j'ai été forcée de suspendre. Je n'étais plus à moi, mon cœur était navré, ma main tremblante laissait tomber ma plume, les sanglots m'étouffaient, mes yeux offusqués ne pouvaient retenir l'abondance de larmes où tu m'as vue plongée, et que ton amitié consolante aurait encore essuyée si j'avais été près de toi. Enfin mon cœur, un peu dégagé, me rend la liberté de retracer mon malheur à tes yeux.

Tu sais que j'étais dans ma vingtième année quand mon papa, le plus tendre et le plus aimable des pères, et en même temps le plus chéri, duquel j'aurais voulu racheter la vie de tout mon sang et dont la perte est irréparable pour moi, fut emporté par une fluxion de poitrine dont tout l'art des médecins ne put le sauver. Je ne le quittais point, j'étais jour et nuit près de son lit que j'arrosais de mes pleurs ; je m'efforçais de les cacher ; ma bouche était collée sur ses mains. Ce spectacle le pénétrait ; il aurait voulu m'épargner celui de son état, il tâchait de m'éloigner mais il ne fut pas possible de m'y faire consentir : je n'écoutais rien, à peine pouvais-je prêter un peu d'attention à quelques conseils qu'il me donnait ; car il sentait sa situation et la soutenait avec fermeté. Enfin le coup me fut porté et je reçus sur mes lèvres son dernier soupir. Ah ! quelle perte pour moi, Eugénie ! chère Eugénie ! mes yeux arrosent encore le papier sur lequel je trace ce douloureux récit. Je lui étais mille fois plus attachée que s'il eût été réellement mon père. Il m'avait fait connaître le comte de Norval, aux plaisirs duquel je devais le jour : je l'avais vu sans émotion et sans autre intérêt que celui de la curiosité ; mon cœur ne disait rien. Le désir d'envisager celui qui avait contribué à mon existence était le seul guide qui me conduisait. Où est donc, disais-je en moi-même, cette voix intérieure qui nous porte vers ceux à qui nous devons la vie ?… Vains propos, chimères : notre cœur parle, mais c'est pour ceux qui ont fait et préparé notre bonheur.

Enfin, ma douleur sombre, le désespoir, le désordre de mes facultés anéanties, le déchirement de mon cœur et mes regrets amers avaient totalement éloigné de moi le repos et le sommeil. L'embrasement se mit dans mes veines et je fus moi-même très mal : je voulais mourir, mais mon heure n'était pas venue, et ma jeunesse fut un des moyens dont le sort se servit pour me sauver. Aussitôt que j'eus repris mes forces, je n'eus d'autres pensées que de m'enterrer vive : j'avais tout perdu, la vie m'était odieuse. Un couvent fut le seul but de mes désirs : aurais-je jamais pu croire y trouver quelque adoucissement à mes peines ? Mon chagrin serait encore dans toute sa force s'il n'avait été modéré dans tes bras. Souffre, belle et tendre amie, que, pour ma propre satisfaction, je peigne à tes yeux mêmes l'image des doux instants que j'ai passés près de toi et où tu as versé un baume salutaire sur les plaies de mon cœur. Ce penchant qu'on nomme sympathie, cet intérêt qu'on prend aux infortunés par la similitude où l'on peut se trouver avec eux, te fit concevoir de l'amitié pour moi presque aussitôt que je fus dans ton couvent, où je voulais me fixer et pleurer en liberté. Tu pénétras l'état de mon cœur sans en connaître les motifs, tu vins essuyer mes larmes, tu quittais ta cellule pour dissiper ma langueur. Ta jeunesse, tes grâces, tes attraits et ton esprit donnaient du poids à tes discours, mais tu t'apercevais aisément, le lendemain, que la solitude de la nuit détruisait tous les soins que tu avais pris pendant le jour. Tu parvins enfin à partager mes ennuis et mon lit.

Que je fus surprise des trésors que ta guimpe et tes habits recelaient ! Cet instant ranima d'un sentiment vif le souvenir de mes peines : tu vis couler mes pleurs, tu en fus étonnée, tu voulais connaître la cause et découvrir un secret que tu as si bien su m'enlever depuis.

Je ne tenais à rien, j'étais dans une inertie totale, à peine aurais-je su que j'existais sans le sentiment de ma douleur.

Je concevais le besoin d'une amie, mais je n'espérais plus en trouver une telle que je la désirais. Ce fut dans cet instant que je sentis plus vivement combien Lucette me manquait, je ne comptais pas pouvoir la remplacer, bien moins me flattais-je d'en trouver une semblable sous le masque qui te couvre. Ton caractère, ton humeur, ton âme vinrent sans déguisement se montrer à moi et se joindre à ta figure charmante ; j'en fis quelque temps mon étude, et mes observations furent toutes en ta faveur ; enfin ton amitié et ta confiance établirent les miennes. Tes confidences furent payées par celles que je te fis alors, et je trouvai dans tes bras l'adoucissement que tu cherchais à me procurer. Avec quelles satisfactions je me rappelle encore cette nuit où tu me dis :

« Aimable Laure, chère amie, j'ai lieu d'être persuadée que tes chagrins sont cuisants ; mais si je puis, en te faisant part des miens, émousser le sentiment de ceux qui t'accablent, j'aurai du moins le contentement que me donnera la diminution de ta douleur. »

Tu jugeais avec raison qu'observant une réserve exacte sur le secret de mon cœur, je pouvais aussi garder le tien : tu ne te trompais pas ; il me semble encore t'entendre me dire :

— Écoute, ma chère, j'aime, oui, j'aime aussi tendrement qu'on puisse aimer, et j'ai le malheur cruel d'être couverte des livrées religieuses. Des béguines emmiellées et trompeuses ont entouré de murs et de grilles ma jeunesse sans expérience et l'ont attirée dans leur cachot infernal. Mon ignorance, des vœux, des préjugés sont mes tourments ; les désirs, mes bourreaux, et j'en suis la victime. La nuit, le sommeil est loin de mes yeux, et les larmes s'en emparent ; le jour, tout me déplaît et m'ennuie ; mon âme est absorbée : juge de mon état. Libre comme tu es, tu peux au moins sans crainte livrer à l'amant que tu chéris les appas que j'ai vus et que je touche.

Ta main, que tu mis sur mon sein, me fit frissonner :

— Ah ! chère Eugénie, te dis-je avec transport, voilà le jour de mon désespoir ! je l'ai perdu cet amant que j'adorais, et la mort me l'a ravi. Dieux ! que n'est-il ici ! mais c'est lui, oui, c'est lui que je tiens.

Je te serrais dans mes bras, tu me faisais illusion. Hélas ! le détail de tes charmes, que je parcourus, me rendit à moi-même ; ce qui te manquait détruisit le prestige de mon imagination et le fantôme qu'elle se créait. Cependant, tes attraits répandirent sur ma langue tous les éloges que tu méritais si bien. Ton sein, ta taille, tes fesses, tes cuisses, ta motte et ta peau, tout en fut un sujet pour moi :

— Quel plaisir ! m'écriai-je, pour ton amant et pour toi s'il te tenait dans ses bras comme je te serre dans les miens.

Tu désirais t'instruire, tu voulais savoir, tu balançais, tu cherchais à m'interroger, et tu n'osais. Je te voyais venir.

Tu pris enfin la résolution de me demander si j'avais connaissance de ces plaisirs et s'ils étaient si grands. Je te l'avouai ; je t'en fis une peinture qui t'enchantait sans pouvoir les concevoir :

— Il faut les éprouver, te dis-je. Quoi donc ! à dix-sept ans passés ne les pas connaître ? Si tu veux, ma chère, je t'en ferai goûter au moins ce qu'ils ont de plus vif.

Ta curiosité, tes désirs que mes caresses faisaient naître et qui firent couler le feu de la volupté dans toutes les parties de ton corps, t'y firent consentir. L'envie de te consoler à mon tour, et de dissiper les ténèbres de ton ignorance, suspendit mes peines. Tu te prêtas à mes leçons : j'écartai tes cuisses, je caressai les lèvres de ton petit conin dont les roses étaient à peine épanouies ; je n'osai t'y enfoncer le doigt, tu n'étais pas encore assez endoctrinée pour que tu eusses regardé la pre-mière douleur comme propre à produire une augmentation de plaisir. Bientôt je gagnai le trône de la volupté, et ton charmant clitoris, que je caressai, te jeta dans une extase dont tu pouvais à peine revenir :

— Ah ! Dieux ! me dis-tu, ma chère Laurette, quelles su-prêmes délices !

Tu me pris à ton tour pour ton amant ; j'étais couverte de tes baisers ; tes mains s'égarèrent sur tout mon corps : tu voulus me rendre le service que tu venais de recevoir de moi, mais mon cœur, encore trop serré, ne s'y prêtait pas et je retins ta main. Je te repris bientôt dans mes bras et, renouvelant mes caresses, je t'en appris davantage sur le premier instant de jouissance. Tu étais animée, tu fus aisément persuadée.

— Eh bien ! me dis-tu avec cette charmante vivacité qui te va si joliment, fais de moi ce que tu voudras.

Je repris ton petit conin, j'y enfonçai le doigt d'une main

tandis que je te branlais de l'autre. La douleur, mêlée au plaisir, te le fit trouver encore plus délicieux : c'est moi, chère et tendre amie, oui, c'est moi l'heureuse mortelle qui ai cueilli ton pucelage, cette fleur si rare et si recherchée.

Plus libre avec toi, qui venais de connaître et sentir les attraits de la volupté, je ne craignis plus de t'ouvrir mon cœur en entier, de t'en faire parcourir toutes les routes et de te raconter, en raccourci, ce que je retrace ici dans toutes ces circonstances. Si le plaisir et ma main ont su te dégager des entraves de l'ignorance et des préjugés qu'elle enfante, combien n'ai-je pas eu de peine à te vaincre sur tous les autres ! La crainte de la grossesse ne te faisait plus trembler, je t'en avais guérie par mon récit et ma propre expérience. Ton amant me devait déjà tes premiers pas à son bonheur et à ta jouissance :

— Hélas ! me disais-tu, la plupart des dogmes dont on a bercé mon enfance jusqu'à présent, les vœux qu'on m'a dictés, cette guimpe, ces grilles qui nous entourent, tout s'y oppose.

Mais ton amour, mes avis et mon assistance ont affaibli ces préjugés et vaincu tous les obstacles. Tu me dois donc, chère Eugénie, la tranquillité d'esprit et de société dont tu jouis. De toute façon ton amant me doit sa victoire, de toute manière mon amitié vous a servis tous deux. Mais avant, j'ai voulu connaître ce Valfay si cher à ton cœur, étudier sa façon de penser, et juger s'il méritait ton amour, ta confiance et tes faveurs. Ces soins, tu le sais, n'ont pas été l'affaire d'un jour. Les femmes dont le jugement a été cultivé ont le tact fin, délicat et sûr pour pénétrer dans le cœur des hommes malgré leurs détours, leur duplicité et les voiles dont ils cherchent à se couvrir. Mais je fus contente de Valfay, je trouvai suffisamment en lui pour me faire présumer que je ne risquais plus rien à prendre tout sur moi pour satisfaire tes désirs, aider ton peu d'expérience et bannir tes frayeurs. Heureusement je servais, dans ton couvent, de prétexte à son amour tandis que je travaillais pour vous deux, car ta faiblesse et ta timidité n'auraient jamais été vaincues sans mon secours. Retrace-toi ce jour où, après un temps assez long, ton amant te pressait avec les instances les plus vives de le rendre heureux : je le secondais de tout mon pouvoir, tu t'en défendais et tu le désirais. Tu lui opposais des raisons qui te paraissaient bien fortes, tu lui présentais des obstacles insurmontables à tes yeux, tu me faisais compassion. J'avais pitié de lui ; je ne vous le cachai pas, je voyais l'ardeur de vos désirs portée à son comble. L'instant me parut favorable, je m'enivrai de l'idée de contribuer à ta félicité :

« Eh bien ! te dis-je, je vais tout surmonter. Valfay, tu serais un ingrat, un homme indigne de son bonheur si ma conduite pour te le procurer influait, dans ton esprit, à mon désavantage. »

Je fermai les portes du parloir de notre côté, malgré tes oppositions apparentes ; ton amant en fit autant du sien.

Je te pris dans mes bras, je t'approchai de la grille, je soulevai ta guimpe ; il prit tes tétons, il baisait tes lèvres, il suçait ta langue que tu lui donnas à la fin. Mais la soif dévorante du désir lui fit porter sa main sous tes jupes pour saisir ta motte et s'en emparer. Je te pressais contre lui, je te baisais aussi, tu ne pouvais m'échapper ni retirer tes bras des miens : il eut enfin l'adresse et la satisfaction de les lever et de saisir cet aimable petit conin où tous les attraits de la jeunesse et de la fraîcheur sont répandus. Ses caresses t'embrasèrent du feu de la volupté ; il en était dévoré, il maudissait cette impitoyable grille qui nous séparait et s'opposait à sa jouissance. J'étais émue, hors de moi-même :

« Quoi ! dis-je à ton amant, vous avez en vous si peu de ressources ? Ah ! Valfay, quand on aime bien tout devient facile. J'aime donc ma chère Eugénie plus tendrement que vous ; je veux lui prouver que ce sentiment me rend tout possible, et que rien ne peut m'arrêter pour le satisfaire, en vous obligeant tous deux ; car si elle est abandonnée à elle-même vous êtes perdu. »

Tu te rendis enfin. Je te fis monter sur l'appui de la grille, tes mains posées sur mes épaules ; je.te soutenais. Valfay releva ces habits noirs qui faisaient briller l'éclat et la blancheur de tes fesses charmantes ; il les maniait, les baisait, leur rendait l'hommage qui leur était dû. Ton petit conin, encadré dans un des carreaux de la grille, était un tableau vivant qui l'enchantait. Il lui donna cent baisers. Mais, pressé de couronner son bonheur, il te le mit, tandis que, passant moi-même ma main entre tes cuisses, je te branlais.

Le plaisir que nous appelions, que nous caressions, vint s'emparer de toi ; tu prenais mes tétons, tu me baisais, tu me mangeais, tu déchargeais. Valfay, prêt à en faire autant, eut la prudence de se retirer ; sa volupté vint expirer entre mes doigts et se répandre sur ma main comme la lave d'un volcan. Je vous abandonnai pour lors tous deux à vous mêmes ; tu vis, tu pris en main, tu caressas ce bijou dont tant de fois je t'avais fait la peinture ; mais, manquant des facilités que je te procurais, tu ne pus recommencer d'en faire usage. Tu m'en fis, à ton retour, des plaintes amères ; tu n'osais me demander de servir encore ta maladresse ; j'apercevais à quel point tu le désirais, tu me pressais, tu me conjurais de ne plus te quitter. Tu voulus, cruelle amie, que je fusse témoin de tes plaisirs et de ta félicité pendant que la mienne était perdue pour toujours. Il fallut que ma complaisance et mon amitié pour toi me sollicitassent encore de t'offrir de nouveaux secours. Mes offres t'enchantèrent, tu m'accablas de caresses et de baisers ; je te fis penser, en cet instant, à te munir de l'éponge salutaire, et tu m'entraînas pour être présente à vos transports et au bonheur dont vous jouissiez. Toi-même me fis voir le dieu que portait Valfay, ce dieu que tu chérissais, avec lequel tu badinais et dont il m'avait, dès la première fois, fait sentir la présence. Tu ajoutais de jour en jour à tes folies, tu lui découvrais mes tétons et tout ce que j'avais de plus caché, je me prêtais à ton badinage, tu les lui faisais toucher. Dans quel état et dans quelle émotion me mettiez-vous tous les deux ! Je te le disais à l'oreille, et la pitié perfide te faisait révéler mon secret. Tu voulais me faire jouir de ton amant, tu lui souhaitais mes faveurs, tu me pressais de les lui accorder, tu voulais enfin me porter à la place que tu avais occupée. Ton aveu, tes empressements et ses désirs, dont tu mettais entre mes mains les témoignages sensibles, l'engageaient à m'en solliciter. Je résistai toujours : tes prières, ses sollicitations, le feu même qui roulait dans mes veines, ne purent m'y déterminer. Non, ma chère Eugénie, non, en vain espères-tu de lui faire remporter la victoire, je n'y consentirai jamais. À tort me fais-tu des reproches, ce n'est ni par haine, ni même indifférence : Valfay détruit l'une et n'est point fait pour inspirer l'autre ; mais ton amitié seule me suffit. Après la perte que j'ai faite, je renonce pour toujours à toute liaison intime avec les hommes, et je serai ferme dans cette résolution. Tu dois en être persuadée puisque, malgré vos plaisirs, les caresses que vous vous faisiez, celles que j'ai reçues, la vue et le toucher de ce que vous avez de plus intéressant, et vos transports qui animaient mes sens et les mettaient en désordre, je ne me suis pas laissé vaincre. J'étais contente et satisfaite lorsque, la nuit, dans tes bras, tu apaisais les feux que tu avais allumés le jour.

Un destin, jaloux de la tranquillité que j'avais retrouvée, est venu l'interrompre : le mariage de ma cousine, la nécessité de mes affaires ont précipité mon départ et nous ont séparées pour quelque temps. Tu as exigé de mon amitié, tu lui as commandé que, pendant mon éloignement, je t'entretinsse encore et te fisse un détail exact de ce que je t'avais dit en plus grande partie et que tu écoutais avec tant de plaisir et d'avidité. J'ai rempli ma promesse : quel sacrifice je fais à la prudence ! Tu connais ton pouvoir sur moi, tu sais combien je te chéris ; tu réunis aujourd'hui tous les sentiments de mon cœur : partagés autrefois dans le monde et la société, tu les rassembles tous. Reçois-en pour assurance mille baisers que je t'envoie, ils te diront combien je soupire après le doux instant de te les donner moi-même enveloppée de tes bras et serrée dans les miens. Ah ! ma chère, pourquoi cet instant n'est-il pas encore arrivé ? Je me flatte au moins qu'il sera très prochain. Je t'apporterai ce bijou, semblable à celui de Valfay mais moins dangereux : s'il n'est pas aussi naturel, ses avantages n'en sont pas moins grands puisqu'il remplira, sans les risques des alentours, le vide qui se fait sentir dans nos plaisirs. Si tu te trouves bien de son usage, notre tendre amitié nous tiendra lieu de tout. Et puisque Valfay se trouve dans l'obligation de s'éloigner de toi pour un temps, crois-moi, chère amie, laissons affaiblir les liaisons étrangères qui pourraient, à la fin, devenir fatales, étant hors de nous. J'irai bientôt à mon tour essuyer tes pleurs. Oui, tendre amie, oublions l'univers pour ne nous en tenir qu'à nous-mêmes.

Attends-moi donc au plus tôt.

Table des matières

ISBN ebook : 9782512007715
ISBN papier : 9782512008910
Dépôt légal : D/2018/12603/59

Couverture : © Hélène Massart
Conception numérique : Primento, le partenaire numérique
des éditeurs

www.ingramcontent.com/pod-product-compliance
Lightning Source LLC
LaVergne TN
LVHW050905200726
843508LV00011B/2116